FOLIOTHÈQUE

Collection dirigée par
Bruno Vercier
Maître de conférences
à l'Université de
la Sorbonne Nouvelle - Paris III

Michel Leiris

L'âge d'homme

par Catherine Maubon

Catherine Maubon

présente

L'âge d'homme

de Michel Leiris

Gallimard

Catherine Maubon enseigne la littérature française à
l'Université de Sienne. Elle a publié *Michel Leiris au
travail* (Pacini, 1987), *Michel Leiris. En marge de
l'autobiographie* (Corti, 1994) et *L'évasion souterraine*
de Michel Leiris (Fata Morgana, 1992).

© *Éditions Gallimard, 1997.*

LISTE DES ABRÉVIATIONS

A	*Aurora*
AF	*L'Afrique fantôme*
B	*Biffures*
BR	*Brisées*
FB	*Frêle bruit*
FI	*Fibrilles*
FO	*Fourbis*
HM	*Haut mal*
J	*Journal*
LJH	*Lucrèce, Judith et Holopherne*
MT	*Miroir de la tauromachie*
SVQ	« Le sacré dans la vie quotidienne »
BLJD	Bibliothèque littéraire Jacques-Doucet, Fonds Michel Leiris

Les indications de page sans sigle renvoient à l'édition Folio (n° 435) de *L'âge d'homme*.

Les mots en italique suivis d'un astérisque sont soulignés par nous.

Ce que nous n'avons pas eu à déchiffrer, à éclaircir par notre effort personnel, ce qui était clair avant nous, n'est pas à nous. Ne vient de nous-mêmes que ce que nous tirons de l'obscurité qui est en nous et que ne connaissent pas les autres.

M. Proust, *À la recherche du temps perdu.*

UN SPECTACLE
RÉVÉLATEUR

L'âge d'homme fut publié en juin 1939, à la veille de la « drôle de guerre ». Il était achevé depuis quatre ans. Une première version avait été rédigée en décembre 1930. La genèse de ce premier essai autobiographique, dont il apparut très vite qu'il avait révolutionné le genre auquel il appartenait et comptait parmi les entreprises de renouvellement sur lesquelles allait se fonder la littérature d'après-guerre, est entièrement placée sous le signe des années trente, de l'inquiétude, du besoin et de l'échec de l'évasion qui les traversent de part en part. Les années trente qu'avait ouvertes le cri de révolte de Bardamu et qui se refermèrent sur Roquentin aux prises avec l'inéluctabilité de la contingence.

Comme *Voyage au bout de la nuit* (1932) et *La nausée* (1938) — et au-delà de ce qui les différencie et fait leur grandeur respective —, *L'âge d'homme* se détache du panorama contemporain et s'impose aujourd'hui par l'authenticité de l'expression que Leiris sut donner à la nouvelle forme du mal du siècle à laquelle le roman sartrien attribua le nom qui lui convenait le mieux. Dans *L'âge d'homme*, ainsi que dans les romans de Sartre et de Céline, la dénonciation du mode de vie et du système de valeurs bourgeois transcende le seul phénomène d'époque et de classe. Elle est dévoilement d'une condition existentielle qui, d'une certaine façon, est aussi la nôtre,

13

spectacle révélateur où il en va de la totalité de l'existence, *miroir* qui « nous éclaire [...] sur certaines parties obscures de nous-mêmes » (*MT*, p. 21). Reprenant l'exergue de *La nausée* emprunté à Céline, on pourrait dire du héros-narrateur de *L'âge d'homme* : « C'est un garçon sans importance collective, c'est tout juste un individu. »

Un individu, ajouterons-nous, dans lequel chacun peut se reconnaître, invités que nous sommes tous — et avec quelle fraternelle générosité ! — à nous mettre à l'écoute d'une voix dont il apparaît vite qu'elle nous parle d'un autre comme de nous-même.

Lire *L'âge d'homme* aujourd'hui, c'est suivre le travail à l'œuvre de l'une des plus radicales mais aussi des plus vivifiantes et contagieuses opérations de démystification de la littérature contemporaine. Car l'écrivain, dans *L'âge d'homme*, travaille autant qu'il peut sans filet. De la scène de l'écriture, on le sait, Leiris a voulu faire une arène et dans cette arène, comme dans les tableaux de Francis Bacon qu'il aimait tant, il s'est enfermé. Seul, face à une image, la sienne, dont il lui fallait à tout prix se débarrasser. Mais pas à n'importe quelles conditions. La force de l'ouvrage est aussi son risque, celui de chacune de ses lignes — lieu d'un combat où s'affrontent, à armes égales, deux forces antagonistes : la violence qui demande à s'exprimer et la règle sans laquelle il ne saurait y avoir d'expression.

Michel Leiris, à la fois taureau et torero, champion d'une impossible quadrature du cercle. D'un côté, et dans le prolongement de l'échec répété jusqu'à la nausée de l'évasion, une irrésistible nécessité de « liquidation » (p. 10) : se libérer de ce qu'il y a de plus lourd, de plus opprimant, ce qui empêche de vivre, obstrue. De l'autre, tout aussi exigeant, le refus de céder à la nausée, à la simple réaction physiologique : respecter les règles du jeu et, comme le jeu est nouveau, se donner des règles, les plus difficiles mais aussi les plus spectaculaires, celles qui devraient permettre de se rapprocher de l'autre (le taureau), de s'exposer (le torero) à lui, avant de lui assener le coup final, celui après lequel il serait enfin possible de vivre. Le tout, bien sûr, au conditionnel ou, si l'on préfère, noir sur blanc, sans oublier qu'il s'agit d'une métaphore.

Autobiographie révolutionnaire où, pour la première fois dans la littérature française, des sciences alors nouvelles comme la psychanalyse et l'ethnologie étayent la mise en scène de l'histoire du sujet de l'écriture, *L'âge d'homme* est une œuvre où convergent une série d'expériences qui en expliquent seules l'extrême originalité. Il nous est apparu dès lors opportun de nous y référer explicitement, chaque fois que nous l'avons jugé nécessaire. Ainsi, la fameuse préface « De la littérature considérée comme une tauromachie », publiée lors de la réédition de 1946, a-t-elle été rattachée à l'espace tauromachique qui, en amont comme en aval, déborde amplement la rédaction de l'ouvrage[1].

1. Voir chapitre VI, p. 125.

I   «L'ÉVADÉ PERPÉTUEL[1] »

A. DE L'ÉVASION

1. Titre d'un paragraphe du chapitre VIII non repris dans la version finale BLJD, LRS-MS 22, ff. 28.

Une forme du mal du siècle...

En avril 1927, Leiris part en Égypte, en proie à un « malaise qui bientôt toucherait à l'étouffement ». Aucune forme de curiosité ni d'intérêt ne semble avoir animé ce premier départ. « Une fuite — si l'on peut dire — *à l'état pur* » (*FI*, p. 64).

À quelques mois de là, Breton se réfugie au manoir d'Ango pour écrire *Nadja*, lui aussi en proie à un violent sentiment d'échec. Aragon de son côté rédige *Traité du style*, l'un des plus virulents pamphlets contre la société de l'époque. Quelque chose ne va plus chez les surréalistes. L'aventure marque le pas. Et pourtant, avant d'être collectif, le malaise est individuel. On ne change pas la vie ni le monde aussi facilement que pouvait le penser l'enthousiasme initial. Plus que quiconque Aragon l'a compris et le premier il donne au phénomène une dimension qui va bien au-delà du groupe : « Tout l'irréductible de certaines vies, le refus qui compromet tout, l'impossibilité de s'accommoder d'un destin et d'un seul, la nausée enfin, l'immense vague qui emporte tout, aura servi de prétexte à une série de petites nostalgies bourgeoises [...]. L'évasion impossible, chacun songe paisiblement à s'évader[2] ». En cette année « louche » où l'aventure surréa-

2. L. Aragon, *Le Traité du style* (1928), Gallimard, coll. « L'Imaginaire », 1980, p. 79-80 et 84.

liste connaît de sérieuses difficultés et ses premières tentations centrifuges, la nausée n'est pas encore le mal du siècle, mais elle est déjà à l'origine d'un besoin d'évasion dont l'étrange inquiétude anime de manière de plus en plus compulsive une grande part de la littérature contemporaine.

... Ou une nouvelle condition existentielle ?

Au point qu'au milieu des années trente, dans un ouvrage qui rend compte avec une pertinence rare du malaise de toute une génération, le philosophe Emmanuel Levinas fait de l'évasion la métaphore de ce qui, avec le recul du temps, apparaît comme une nouvelle condition existentielle : « L'être du moi que la guerre et l'après-guerre nous ont permis de connaître ne nous laisse plus aucun jeu. Le besoin d'en avoir raison ne peut être qu'un besoin d'évasion. » Si l'existence est un absolu qui s'affirme sans se référer à rien d'autre, rivée comme elle l'est à l'identité, l'évasion, quant à elle, est « le besoin de sortir de soi-même, c'est-à-dire de *briser l'enchaînement le plus radical, le plus irrémissible, le fait que le moi est soi-même*[1] ».

1. E. Levinas, *De l'évasion* (1935), Fata Morgana, 1982, p. 71 et 73.

Leiris, nous pouvons en être sûrs, n'a pas lu *De l'évasion*. Et pourtant il y a quelque chose de troublant à retrouver dans la description phénoménologique d'un sujet qui a perdu l'espoir de transcender ses limites, aux prises avec un besoin d'évasion qui se retrouve absolument identique à tous les points d'arrêt où le conduit son aventure que Levinas a offerte en miroir à ses contemporains, l'image dans laquelle, au même moment, se reflétait le narrateur de *L'âge d'homme*. Avec une différence cependant essentielle. En 1935, Leiris croyait encore que grâce à l'écriture il pourrait rompre l'identité du moi. S'évader.

B. *LE FORÇAT VERTIGINEUX*

La révolte surréaliste

« ÉVASION — hors du vase vers Ève ou Sion. » Le 15 avril 1925, dans la première série de *Glossaire, j'y serre mes gloses*, parue dans le numéro 3 de *La Révolution surréaliste*, Leiris exprime déjà ce besoin de sortie de l'être qui trouvera son ultime avatar dans la rédaction de *L'âge d'homme*. Et pourtant l'orientation de la glose poétique vers les terres inaccessibles de l'objet perdu — l'idéal féminin ou la terre promise — semble anticiper d'emblée l'impossibilité de l'évasion sous le signe de laquelle quelques mois plus tôt il avait placé sa participation au mouvement d'André Breton : « J'ai commencé par me plaindre de ma prison. Aujourd'hui je décris ma prison. Il s'agit maintenant de m'évader » (*J*, 23 octobre 1924, p. 74).

Dans une bipolarité significative, enfermement et rupture s'appellent déjà en s'opposant : « L'ombre glisse sous la poix des vêtements / casaque fluide plus lourde que le boulet d'un châtiment / l'ombre végétale en touffes d'argile où les rameaux s'englutent /

c'est une citerne où pourrit la révolte obscure d'un troupeau de forçats [...] » (*HM*, p. 28). Récits de rêve, poèmes, manipulations verbales, « petits romans », essais, ne se lassent pas de représenter, sous toutes ses formes, un univers carcéral peuplé de forçats, forbans et autres galériens à l'intérieur duquel le sujet de l'écriture apparaît hanté par le fantasme d'une catastrophe primordiale qui pourrait seule interrompre le cours d'un destin fondamentalement malheureux.

Car si d'un côté l'univers est décrit comme « un vaste enclos où l'on entasse des détritus divers », de l'autre il ne fait aucun doute que de cet enclos il faut sortir. Il le faut et il est possible de le faire. C'est une question de foi, foi dans les mots, dans leur pouvoir de libération et de création d'un autre monde, monde qui pour être ailleurs n'est localisable nulle part mais peut advenir chaque fois que la primauté est accordée à l'imaginaire, qu'il est fait appel au merveilleux et au surréel : « [...] je pensais que par l'usage lyrique des mots l'homme a le pouvoir de tout transmuer. J'accordais une importance prépondérante à l'*imaginaire*, substitut du réel et monde qu'il nous est loisible de créer » (p. 183).

En ces années difficiles qu'anime un violent vent de révolte — « J'étais furieux que l'on m'eût mis au monde, m'insurgeais contre les lois de l'univers matériel, pestais contre la pesanteur, la résistance de la matière, le mouvement des saisons » (p. 184) — une seule chose est sûre : c'est par l'écriture que le jeune surréaliste entend échapper au marasme dont témoignent de façon déconcertante les formes multiples que prit sous sa plume la quête de la surréalité. Produit d'une inspiration conçue comme « une chance tout à fait rare, un don momentané du ciel » (p. 187), l'ensemble de ces textes se caractérise par une totale disponibilité envers ce qui, d'une manière ou d'une autre, pouvait donner corps à la « vaste aspiration vers le nouveau, l'inconnaissable, l'énorme forêt pleine d'aventures et de périls, le sol vierge où nul chemin n'est tracé [...][1] » ouverts à leur exploration.

1. *Fragments d'un essai sur le merveilleux*, BLJD, ff. 6.

Le travail des mots

Question de foi certes, mais non d'aveuglement. Que les mots fussent libres, qu'ils pussent le libérer, Leiris le croyait. Du moins s'efforçait-il d'y croire : « [...] j'espérais vaguement que le miracle poétique interviendrait pour tout changer et que j'entrerais vivant dans l'Éternel, ayant vaincu mon destin d'homme à l'aide des mots » (p. 184). C'est le narrateur de *L'âge d'homme* qui parle ici et il n'épargne rien au jeune surréaliste trop crédule qu'il a été. Et pourtant une écoute plus indulgente, moins sensible aux « rodomontades » qu'à la fragilité qui se cache derrière elles, perçoit sans aucune difficulté à quelle nuit — et au prix de quels tourments — ont été arrachés les mots qui noircissent la page, la sensation de vertige de qui s'aventure pour la première fois dans des espaces qui ne connaissent encore aucune espèce de balisage, l'inquiétude mais aussi la volonté de ne pas se laisser berner, de ne pas se payer de mots.

Dans ces premiers textes qui s'efforcent de satisfaire un incontestable désir de communicabilité, une autre forme de bipolarité se met en place, celle qui unit dans une même nécessité l'abandon à l'inspiration et le travail de composition, ce que Leiris appelle alors les ruses de l'invention.

Ainsi que l'illustre brillamment la glose du titre de son premier recueil poétique : « SIMULACRE — hurlant sur la cime âcre, je feins la lutte[1] », pour le jeune écrivain, il ne s'agit pas tant de se soumettre passivement à une voix venue d'ailleurs que de chercher activement, là où ils prennent leur source — la nuit du rêve, les blancs du poème, l'éclatement du signe linguistique, la rupture syntaxique —, les lieux instables et incertains où peut advenir l'épiphanie du merveilleux. Dosage périlleux d'abandon et de contrainte, de conscience et d'inconscience, de crédulité et d'incrédulité, l'écriture est déjà déchirée entre « le clair soleil d'une communication entière avec les hommes » et le besoin de « descendre toujours plus avant dans leur nuit » dont Leiris fera, lors de la publication de *Haut mal*, le « tourment propre à nombre de poètes » (*BR*, p. 80-81)[2].

Du bon usage du surréalisme

Que le surréalisme ne fût pas une panacée, que la quête du merveilleux requît certaines précautions, Leiris en fut probablement toujours convaincu même s'il ne put ni ne voulut, sur le moment, le reconnaître. Il suffit à

1. *Glossaire, j'y serre mes gloses*, *La Révolution surréaliste*, II, n° 6, 1ᵉʳ mars 1926, p. 21, in *Mots sans mémoire*, Gallimard, 1969, p. 108.

2. Sur la dimension active et passive de la poésie, déchirée entre la fureur aveugle du possédé et la technique lucide de l'ascète, cf. Guy Poitry, *Michel Leiris. Dualisme et totalité*, Toulouse, Presses universitaires du Mirail, p. 137-170.

ce propos de lire *Le forçat vertigineux*, petit apologue sur le bon usage et les limites du surréalisme rédigé en novembre 1925. Commencé dans l'euphorie de l'enfantement cosmogonique du merveilleux, le récit se termine par un triste retour à la réalité qui oppose un démenti cruel à toute forme de credo aveugle. Malgré une illustration vertigineuse de la fécondité des procédés par lesquels il entendait capter le merveilleux, le « vieux sorcier grotesque » — évidente allégorisation du surréalisme, de ses ambitions comme de ses échecs — qui « a visité, paraît-il, le domaine de la mort » et « sait aussi interpréter les mots[1] » s'est avéré incapable de donner corps à l'identité que fantasmait le héros. Trois ans plus tard, le narrateur d'*Aurora* arrivera à la même conclusion. Au terme d'aventures tout aussi vertigineuses mais commencées, il est vrai, dans un moindre enthousiasme — « Je n'attendais rien, j'espérais moins que rien » —, il débouche sur un même constat d'échec : « D'un œil morne, j'observais ce spectacle, m'apercevant trop nettement qu'il durait depuis des siècles, et, de plus en plus frénétiquement, je m'ennuyais... À la fin, j'en avais marre de tout ça ! C'était éternellement pareil, aucun prodige ne déflagrait [...] » (*A*, p. 9 et 189).

Véritablement quelque chose n'allait plus. Il était temps de prendre les distances à l'égard de la littérature telle qu'elle avait été jusque-là expérimentée. À peine le prétexte lui en fut-il donné, Leiris abandonna le surréalisme. Sans se faire aucune illusion sur le

1. *Le forçat vertigineux*, in *L'évasion souterraine*, Fata Morgana, 1992, p. 54.

caractère essentiellement symbolique de cette décision. L'heure de la délivrance était encore loin.

C. LE RADEAU DE LA MÉDUSE

Commence alors cette période intermédiaire que le narrateur de *L'âge d'homme* place sous le signe du tableau de Géricault, *Le Radeau de la Méduse*, tableau pour lui à plus d'un titre riche en résonances. Il y a bien sûr la figure de Méduse dont les tentacules tracent dans le texte un réseau qui en est le filigrane. Mais aussi, et c'est la notice placée en exergue du chapitre qui le dit, le choix, on ne saurait plus approprié, du sujet : « L'artiste a choisi le moment qui précède la délivrance » (p. 196). Pour le peintre, l'apparition, loin à l'horizon, du brick qui fait se lever, dans un dernier geste vital, les survivants du radeau. Pour le narrateur-naufragé de l'existence, la tentative *in extremis* de redresser en quelque sorte la tête, d'échapper, ne fût-ce que momentanément, au sort d'Holopherne auquel il s'est identifié : « De plus en plus j'ai soif d'une aventure quelconque qui vienne tout changer dans ma vie. Mais pour la première fois j'ai l'impression que c'est peut-être imminent » (*J*, 30 août 1929, p. 200).

Alors qu'il s'attarde longuement sur les années surréalistes, *L'âge d'homme* est extrêmement laconique sur cette période charnière qui sanctionne la rupture avec les années vingt et ouvre une percée sur les années trente grâce aux deux grandes expériences que se révélèrent être la psychanalyse d'une part, la collaboration à la revue *Documents* de l'autre. À *Documents* où lui fut offerte l'occasion de participer à la Mission Dakar-Djibouti, Leiris trouva un métier. Quant à la psychanalyse, elle lui a sans aucun doute fourni les instruments qui lui ont permis d'accéder au « je » autobiographique. À l'origine de l'une comme de l'autre, la figure charismatique de Georges Bataille, point de ralliement de grand nombre des évadés du surréalisme.

1. « PSYCHANALYSE — LAPSUS CANALISÉS AU MOYEN D'UN CANAPÉ-LIT[1] »

« *Morale de la santé*[2] »

Et il y avait probablement de quoi « canaliser » si le 28 octobre 1929 Leiris écrit en lettres capitales dans son *Journal* : « PYSCHANALYSE », lapsus et non jeu de mots ! qui en dit long sur les réticences qui accompagnaient sa décision : « " pyschanalyse " comme si cela avait quelque chose à voir avec les poissons. La pêche dans l'eau trouble de l'inconscient » (*J*, 10 mars 1946, p. 203). Quoi qu'il en soit, lorsque, malgré sa « répugnance pour tout ce qui prétend guérir les maux autres que ceux du corps » (p. 41), Leiris accepte de se rendre chez le docteur Adrien Borel, il est encore une fois question de délivrance et de libération. Mais non plus

1. *Glossaire, j'y serre mes gloses, op. cit.*, p. 105. Sur les rapports de Leiris avec la psychanalyse, cf. Ph. Lejeune, *Lire Leiris*, Klincksieck, 1975, p. 139-147.

2. Cf. note 1, p. 16.

de fuite. Le voyage en Égypte — « [...] j'espérais me délivrer, en fuyant, de ce qui intérieurement me rongeait » (p. 126) — et les difficultés du retour avaient montré la vanité de toute tentative de fuite. Désormais il ne s'agissait plus de se soustraire génériquement aux lois naturelles et sociales mais d'attaquer de front deux symptômes bien précis : un « atroce sentiment d'impuissance — tant génitale qu'intellectuelle » (p. 197) et la « crainte chimérique d'un châtiment » (p. 198).

« *Une sorte d'autobiographie touchant à l'érotisme*[1] »

1. Voir Dossier, p. 167.

De ce qu'a pu être cette analyse nous ignorons à peu près tout, si ce n'est qu'elle fut entreprise suivant le conseil de Bataille qui avait précédé Leiris sur le divan du docteur Borel avec des résultats tout à fait encourageants. *Histoire de l'œil* était là pour en témoigner. Sur le choix de Borel, aucun doute ne semble avoir plané. Analyste de nombreux artistes, c'était un freudien hétérodoxe qui « utilisait la psychanalyse comme une thérapie parmi d'autres et non comme la panacée qui rendait obsolètes les autres traitements[2] ».

2. M. Leiris, J. Schuster, *Entre augures*, Terrain vague, 1990, p. 12. Sur A. Borel, cf. E. Roudinesco, *La bataille de cent ans. Histoire de la psychanalyse en France*, Ramsay, 1982, I, p. 358-359, II, p. 24-25.

Leiris n'a jamais caché les réticences — « Nouvelle pollution nocturne. Rêvé par ailleurs que je me réconciliais avec André Breton. Au diable la psychanalyse : je ne chercherai pas à savoir s'il a pu exister momentanément un rapport entre ces deux événements. J'aimerais mieux que Freud me dise de quel inceste solaire ou autre sont issus les masques [...] » (*AF*,

p. 126) — qu'il nourrissait à l'égard d'une discipline dont il craignait qu'elle pût d'une façon ou d'une autre entraver son travail d'écrivain : « Hostilité contre la psychanalyse, qui m'a coupé tout ressort mythologique : impression que je suis puni d'avoir voulu savoir, d'avoir soulevé le voile d'Isis » (*J*, 2 juillet 1934, p. 284).

Quant aux résultats, ils furent incontestablement positifs, que Leiris l'ait ou non reconnu : « Ce fut, au moins durant les premiers temps, le couteau dans la plaie » (p. 198). En témoignent, en ce qui concerne l'écriture, non seulement l'intense collaboration à *Documents* mais, de façon encore plus significative, la rédaction de *Lucrèce, Judith et Holopherne*, première version de *L'âge d'homme*. L'écrivain a peu parlé de ce texte daté décembre 1930 et rédigé à la demande de Georges Bataille pour une collection de livres érotiques à paraître sous le manteau[1]. Et pourtant, on ne peut manquer d'y voir l'équivalent de ce qu'*Histoire de l'œil* avait été pour son auteur. La mise au jour d'un imaginaire à travers le pouvoir révélateur d'une image — les clichés d'un supplicié chinois d'un côté, les tableaux jumelés de Cranach, *Lucrèce* et *Judith* de l'autre : « De ces deux créatures — auxquelles j'ai attaché, arbitrairement peut-être, un sens allégorique — il y a quelques années la vue m'a bouleversé, vers la fin d'une cure psychologique [...] » (p. 41). Avec la différence cependant essentielle que dans le cas de Leiris il ne s'agissait pas d'une transposition fantasmatique de caractère fictionnel mais bel et bien d'une autobiographie ou, pour le moins, vu les dimensions restreintes du projet destiné à la

1. Voir Dossier, p. 167.

clandestinité, d'une « sorte » d'autobiographie. Des circonstances extérieures empêchèrent le texte de voir le jour. Leiris ne fit rien alors pour lui trouver une autre destination. Mais il le conserva : il représentait l'étape préliminaire à la reconnaissance de son véritable statut.

2. DOCUMENTS

Une stupéfiante mise en scène de l'autre

Lorsqu'en avril 1929 paraît le premier numéro de *Documents*, Leiris a rompu avec le surréalisme. Deux ans plus tard, alors que la responsabilité de la publication est retirée à Georges Bataille, il a décidé de participer à la Mission Dakar-Djibouti. C'est entre ces deux expériences décisives que se situe sa participation à la plus subversive des revues d'avant-garde de l'entre-deux-guerres[1]. Bien plus qu'un magazine d'art tourné vers l'actualité, *Documents* fut le lieu où la représentation de la différence — qu'il s'agît des civilisations résiduelles ou de la part résiduelle de toute civilisation — favorisait la mise en perspective et la prise de distance des préjugés les plus enracinés de la civilisation occidentale, l'exaltation de tout ce qui pouvait les mettre en échec. Pour Leiris une stupéfiante mise en scène de l'autre dont il sut appliquer la promesse de libération à la collecte des matériaux de *L'âge d'homme*.

Alors que dans *La Révolution surréaliste* sa participation avait été de caractère strictement littéraire,

1. Sur la revue rééditée en 1991 par J.-M. Place, avec une préface de Denis Hollier, cf. M. Leiris, « De Bataille l'Impossible à l'impossible *Documents* », in *BR*, p. 288-299, et C. Maubon, « *Documents* : une expérience hérétique », *Pleine marge*, n° 4, décembre 1986, p. 55-67.

dans *Documents* elle intéresse neuf des douze rubriques de la revue. En particulier celles d'« Art moderne » où, pour la première fois, Leiris interroge la peinture et la sculpture à travers les œuvres de Picasso et Giacometti ; de « Mysticisme et occultisme » où la nostalgie de l'harmonie perdue devient vite un prétexte et un moyen d'analyser et de dénoncer le présent ; du « Dictionnaire critique » où, à travers la mise au jour de la « besogne des mots », furent dénoncées les limites et les illusions du rationalisme occidental. Et bien sûr celle d'« Ethnographie » à laquelle Leiris collabora aux côtés de M. Griaule, G. H. Rivière, P. Rivet, A. Schaeffner, M. Leenhardt.

Un même fantasme — celui de l'origine — et un même regret — celui de l'unité perdue — traversent l'ensemble de ses interventions qui déclinent toutes à leur façon le double paradigme de l'enfermement et de la rupture aux prises avec une nouvelle, plus violente, exigence d'évasion : « Si peu de goût qu'on ait de proposer, en guise d'explication, des métaphores, la civilisation peut être comparée sans trop d'inexactitude à la mince couche verdâtre — magma vivant et détritus variés — qui se forme à la surface des eaux calmes et se solidifie parfois en croûte, jusqu'à ce qu'un remous soit venu tout bouleverser [...]. Nous sommes [...] contre la divine " politesse ", celle des arts qu'on appelle " goût ", celle du cerveau qu'on nomme " intelligence ", celle de la vie qu'on désigne par ce mot à l'odeur poussiéreuse de vieux fond de tiroir : " morale " [...]. Nous sommes repus de tout cela, et c'est pourquoi nous aimerions tant nous rapprocher plus complètement de notre ancestralité sauvage, et n'apprécions plus guère que ce qui, anéantissant d'un seul coup la succession des siècles, nous place, tout à fait nus et dépouillés, devant un monde plus proche et plus neuf » (*BR*, p. 31). Mais, alors que la quête de la surréalité était animée par un profond « désir de fuite hors du réel » (p. 178), c'est à la définition d'un nouveau concept de réalité que s'applique Leiris à travers la réévaluation et l'exploration de domaines marginaux ou suspects comme les sciences occultes, « l'art des nègres d'Amérique » (*BR*, p. 34) et, de façon de plus en plus enthousiaste, l'ethnologie.

« L'œil de l'ethnographe »

Grâce à l'ethnologie, l'ailleurs devint l'occasion d'un renouvellement auquel l'écrivain sut donner toute son ampleur en acceptant l'invitation de Griaule à participer comme secrétaire-archiviste à la Mission Dakar-Djibouti. Sur les raisons de ce choix, Leiris s'est du reste longuement expliqué dans « L'œil de l'ethnographe », un article rédigé à l'invitation de la rédaction de la revue, à la veille de son départ. Il y est question d'ajustement du regard, de correction de fantasmagories, de dénonciation de préjugés. Mais plus encore de désir. Entreprise de « grande portée humaine », l'ethnographie acquiert une dimension éthique — oublier sa « propre personnalité transitoire par la prise d'un contact concret avec un grand nombre d'hommes apparemment très différents[1] » —, derrière laquelle transparaît cependant avec

1. « L'œil de l'ethnographe », *Documents*, II, n° 7, 1930, p. 407, in *Zébrage* Gallimard, Folio Essais, 1992, p. 33-34.

toute sa force la matrice fortement surdé-
terminée du départ. On retrouve les rêves
d'enfance, la poésie du voyage et plus
encore le « moyen de lutter contre la
vieillesse et la mort en se jetant à corps
perdu dans l'espace pour échapper imaginairement à la marche du temps [...][1] ».
Allégée de sa part de honte et de nausée,
l'évasion avait pour la première fois la force
d'un mythe teinté d'aventure et d'exotisme
auquel le voyage apportait ses promesses
de dépaysement et de renouvellement.

1. *Ibid.* p. 33.

D. « ETHNOLOGIE — JE DIS : NON !
À LA TERNE GEÔLE OÙ JE GÎTE[2] »

2. *Langage tanga-ge*, Gallimard, coll. « L'imaginaire », 1995, p. 26.

3. « L'île magique », compte rendu de l'ouvrage de W. Seabrook (Firmin-Didot, 1929), *Documents*, n° 6, novembre 1929, p. 334.

4. Cf. la glose « DÉPART — je me sépare, dé de hasard », *Glossaire, j'y serre mes gloses,* in *Mots sans mémoire, op. cit.,* p. 82.

La Mission Dakar-Djibouti

Animé du « désir intense que devrait avoir
tout homme de briser ses limites [...][3] »,
Leiris semble être monté à bord du *Saint-Fir-
min*, le 19 mai 1931, sans aucun doute sur la
validité du geste qu'il était en train d'accom-
plir. Le dos tourné au passé, le regard projeté
vers l'inconnu de l'avenir. Et pourtant deux
ans d'absence creusaient à l'improviste un vide
qui n'était plus métaphorique[4]... Les conditions du départ dépendant de leur imprécision,
le futur ethnologue semble avoir ignoré tout
ce qui pouvait entraver sa décision, et en
particulier que la « science quelque peu hétérodoxe » (*FI*, p. 83) dont il s'était fait l'idée à
Documents impliquait, par son caractère collectif, une série de contraintes auxquelles, quoi
qu'il en crût, il était peu préparé.

Recruté comme « homme de lettres », Leiris se prépara à sa fonction de « secrétaire-archiviste » en suivant comme auditeur libre les cours de Marcel Mauss à l'Institut d'ethnologie et en participant à la rédaction des *Instructions sommaires pour les collecteurs d'objets ethnographiques*[1].

1. *Instructions sommaires pour les collecteurs d'objets ethnographiques*, musée d'Ethnographie et Mission scientifique Dakar-Djibouti, Palais du Trocadéro, mai 1932.

Les jeux étaient faits ou, du moins, ainsi Leiris en avait-il décidé. La Mission, qui devait parcourir, pendant près de deux ans, le tropique du Cancer, de Dakar à Djibouti, lui offrait l'occasion ou jamais de mettre à l'épreuve le destin de « déraciné » qu'il s'était choisi. Il ne s'agissait plus de fuite mais bel et bien d'une aventure « dont je pouvais me dire en un sens que je ne reviendrais jamais puisqu'il me semblait hors de question que je fusse intellectuellement et moralement le même quand j'émergerais de cette nage dans les eaux du primitivisme » *(ibid.)*. Rigoureusement limitée dans le temps et dans l'espace, l'expédition telle qu'il la concevait se présentait comme une possibilité réelle de suspendre la durée sans impliquer pour autant le risque d'une rupture définitive.

Mais il en alla différemment. Modalité existentielle liée à une temporalité autre, l'aventure nécessite, pour être vécue, une forme d'accélération vitale et d'abandon aveugle auxquels Leiris ne fut pas toujours en mesure de se laisser aller[2]. Il lui arriva certes d'éprouver le goût du risque et de la violence, de jouer momentanément les héros conradiens qui avaient alimenté son fantasme de l'ailleurs : « [...] nous partons en hâte [...] parés d'une auréole de démons ou

2. Sur l'aventure telle que Leiris s'apprêtait à la vivre, cf. G. Simmel, « La philosophie de l'aventure », in *Mélanges de philosophie*, Alcan, 1912.

de salauds particulièrement puissants et osés » (*AF*, p. 83). Mais il s'agit chaque fois d'épisodes isolés qui ne purent en aucune façon donner corps au projet global de devenir autre pour vivre mieux.

L'Afrique fantôme

À dix mois du départ, force lui fut de reconnaître : « Grand examen de conscience : j'aurai beau faire, je ne serai jamais un aventurier [...] » (*AF*, p. 209). Au même moment, Roquentin notait lui aussi dans son journal : « Je n'ai pas eu d'aventures. Il m'est arrivé des histoires, des événements, des incidents, tout ce qu'on voudra. Mais pas des aventures [...]. » Mais, alors que Roquentin pensait qu'en lui imprimant un rythme, l'écriture pouvait en un certain sens racheter le vécu — « Les aventures sont dans les livres [...][1] » —, Leiris estima qu'aucune stratégie narrative ne devait combler *a posteriori* les vides creusés par ce qu'il estimait être, dans cette perspective, l'échec de son expérience. Il écrivit un livre mais ce ne fut pas un roman d'aventures qui, de toute façon, aurait été « [...] assez morne [...] dépourvu en tout cas de nécessité [...] ». Il préféra publier les « notes prises en marge des déplacements et des enquêtes, et qui (malgré qu'on y retrouve le canevas du voyage, des échos des travaux qui y ont été faits, et les plus importantes des anecdotes ou péripéties) ne constituent pas autre chose qu'un journal personnel [...] » (*AF*, p. 213 et 215).

Livre humoral comme tout journal intime, *L'Afrique fantôme* ne cesse d'osciller entre la

1. J.-P. Sartre, *La nausée*, in *Œuvres romanesques*, Gallimard, Bibliothèque de la Pléiade, 1981, p. 46. C'est en janvier 1932 que Sartre situe la rédaction du journal fictionnel de Roquentin.

tonalité majeure d'une expérience réussie de l'évasion et la tonalité mineure de l'impossibilité de briser les limites du moi. Mais s'il est vrai que Leiris ne rapporta pas de son voyage la seule image de son échec, *L'Afrique fantôme* n'en est pas moins avant tout le récit de l'effondrement, jour après jour, du simulacre que se révéla être l'altérité — fallacieuse promesse d'évasion : « Cruellement, je perçois à quel point je suis " l'étranger ". [...] Horrible chose qu'être l'Européen, qu'on n'aime pas mais qu'on respecte tant qu'il reste muré dans son orgueil de demi-dieu, qu'on bafoue dès qu'il vient à se rapprocher ! » (*AF*, p. 349). Sur place, il fut certes plus simple de s'en tenir à des questions « de peau, de civilisation et de langue ». De faire comme si le trajet qui aurait dû conduire vers l'autre ne nécessitait pas le franchissement d'une autre distance, celle qui impliquait la reconnaissance et l'acceptation de la propre identité. De retour en Europe, il ne sera plus longtemps possible de fermer les yeux sur ce qui finira par avoir la force de l'évidence.

Doit-on à cet échec le silence dont est l'objet, en tant que telle, la Mission Dakar-Djibouti dans *L'âge d'homme* ? Un échec, rappelons-le, douloureusement réactivé par Emawayish, la princesse au visage de cire au désir de laquelle, lors de ses recherches sur la possession, l'apprenti ethnographe ne fut pas en mesure de se laisser aller : « Ce qui m'a toujours barré quant à Emawayish, c'est l'idée qu'elle était excisée, que je ne pourrais pas l'émouvoir et que je ferais figure d'impuissant » (*AF*, p. 503).

1. *Langage tangage*, *op. cit.*, p. 26.

« *Europe — notre port heureux ou pas*[1] »

En 1933 Leiris revint, « ayant tué au moins un mythe : celui du voyage en tant que moyen d'évasion » (p. 201). Un de plus mais pas le dernier. Le plus difficile restait encore à faire. Accepter l'inanité de toute forme d'évasion, l'« incapacité de rompre avec soi-même[2] ». Il lui faudra près de trois ans au cours desquels il semble avoir expérimenté toutes les solutions susceptibles de masquer le vide dans lequel il se débattait. Une intense activité professionnelle : le travail des publications, la préparation des diplômes nécessaires à l'exercice de son nouveau métier ; une fébrile attention à la question politique de plus en plus urgente : il adhère au Cercle communiste démocratique et au Comité de vigilance des intellectuels antifascistes ; l'approfondissement, à travers une série de comptes rendus publiés dans *La Critique sociale*, de ses intérêts d'une part pour la sociologie française et « la distinction fondamentale entre ce qui est " sacré " et ce qui est " profane "[3] », de l'autre pour Freud et l'importance accordée au « développement de tout individu, aux événements de la petite enfance et à la trace qu'ils ont laissée dans l'inconscient[4] », et enfin pour l'érotisme et la possibilité de « traiter les choses de l'amour objectivement, sans être arrêté à tout instant par de sordides préjugés[5] », lui servirent en quelque sorte de dérivatifs. Avec de biens maigres résultats et, encore une fois, sans aucune illusion.

2. E. Levinas, *De l'évasion*, *op. cit.*, p. 85.

3. E Simmel, « Comment l'homme forma son dieu », *La Critique sociale*, n° 9, septembre 1933, p. 146.

4. M. Bonaparte, « Edgar Poe », *ivi*, n° 10, novembre 1933, p. 186.

5. H. Ellis, « Études de psychologie sexuelle », *ivi*, n° 11, mars 1934, p. 252.

Et pourtant, début janvier 1934, dans le prolongement d'une attentive lecture des *Vases communicants* et de l'exaltation de ce que Breton appellera bientôt l'« amour fou », il s'accorde une ultime chance : « J'ignore encore qui sera complice de mon évasion [...]. Il faut qu'il y ait quelque chose qui craque. Rien ne va plus. J'ai tenté par trop de moyens (cure psychanalytique, voyage, activité soi-disant révolutionnaire) de me masquer ce vide : cela ne va plus. C'est l'amour que je cherche, que j'ai toujours recherché. Le remords que j'éprouve, ce qui me ronge, me crucifie, c'est que je n'ai jamais aimé [...] » (*J*, janvier 1934, p. 248 et 250).

La complice est vite trouvée et l'expérience commence aussitôt : « Aimerai-je celle que j'appelle Léna ? » Elle s'achève quelques mois plus tard par un nouvel échec. Leiris retourne alors chez le docteur Borel et, pour la première fois, il accepte de reconnaître que, « même à travers les manifestations à première vue les plus hétéroclites, l'on se retrouve toujours identique à soi-même [...] » (p. 201). Amer savoir qui va cependant lui redonner le goût des mots qu'il croyait avoir perdu : « Je ne crois plus aux mots, qui étaient mes amis ; je suis maintenant incapable de m'en servir pour chanter — et incanter — ma solitude... » (*J*, 29 janvier 1934, p. 251). Avant la fin de l'année, il reprend la rédaction de *Lucrèce, Judith et Holopherne*.

II

DE *LUCRÈCE, JUDITH ET HOLOPHERNE* À *L'ÂGE D'HOMME*

A. L'ÉCRITURE QUOTIDIENNE

L'échec du journal

Retournons en mai 1929. Seul sur son radeau, Leiris ne voit pointer aucune possibilité de délivrance. Il ne commencera à travailler à *Documents* que le 2 juin. D'analyse il n'est point encore question. Ne réussissant « à employer son temps à rien de positif au point de vue littéraire » (*B*, p. 264), il s'accroche à son *Journal*, là où, au début des années vingt et avec d'extrêmes difficultés, il avait appris à dire « je ». Comme si, encore une fois, le noir de l'écriture allait pouvoir exorciser le risque de la dispersion, boucher les trous du vécu. Un rapide coup d'œil lui permet de comprendre qu'il lui faut opérer une véritable révolution, substituer à la contemplation passive de l'introspection la rigueur active de l'autocritique. Il n'est plus temps de coucher sur le papier « mes opinions sur moi-même ou sur d'autres sujets », mais « plutôt de projeter sur ces pages mon reflet d'une manière absolument concrète ». Narcisse ne se contente plus de la fugacité et de la fragilité de l'irisation de son image.

Et pour la première fois il aborde le problème de front et ébauche, au conditionnel, une poétique du texte dont les deux pivots seraient, portées à leur extrême, la sincérité et son corollaire immédiat, la transcription indifférenciée du réel[1]. Pourtant il ne lui faudra pas plus de quinze jours pour reconnaître que non seulement « on ne trouve dans ce cahier aucune de ces phrases capables d'enflammer le papier, comme dit à peu près Baudelaire dans la préface de *Mon cœur mis à nu* », mais beaucoup plus radicalement qu'il ne lui « apprend rien » sur lui. Et cela malgré le tour nouveau qu'a pris momentanément la rédaction appesantie par un excès d'information qui ne fait pas avancer grand-chose quant à la solution du problème. Tant il est vrai que « la franchise qui dit tout ne dit qu'elle-même et elle le dit peut-être par hasard[2] ». En d'autres termes, une forme de tautologie dans l'insignifiance de laquelle Leiris a très vite l'impression de s'enliser, victime du « pouvoir de dissolution[3] » inhérent au principe d'indifférenciation dont il venait de faire la règle d'or du journal intime. Trop lourd est le poids des mots, trop fragile le cahier pour continuer à en être le support. Aussi, plutôt que de risquer l'effondrement et l'abandon, Leiris déplace-t-il le lieu de la collecte. Le 28 octobre, l'inscription « PYS-CHANALYSE » suspend la transcription. Elle ne reprendra que le 21 avril 1933, au retour d'Afrique.

C'est dans *L'Afrique fantôme* que Leiris réussit pour la seule et unique fois à donner corps au projet énoncé le 17 mai 1929, probablement parce que l'expérience africaine réussit à résister à la puissance diabolique du

1. Voir Dossier, p. 157. Cf. C. Maubon, « Au jour le jour », in *La part du jour », Michel Leiris. En marge de l'autobiographie*, Corti, 1993, p. 267-282.

2. M. Blanchot, « Regards d'outre-tombe », in *La part du feu*, Gallimard, 1949, p. 253.

3. « Quels que soient ses aspects, le quotidien a ce trait essentiel : il ne se laisse pas saisir. Il échappe. Il appartient à l'insignifiant, et l'insignifiant est sans vérité, sans réalité, sans secret, mais est aussi peut-être le lieu de toute signifiance possible » (M. Blanchot, « La parole quotidienne », in *L'entretien infini*, Gallimard, 1969, p. 357).

quotidien. Limitée dans le temps et dans l'espace, la participation à la Mission avait assuré au texte qui avait charge de la transcrire la légitimation et le cadre formel à l'intérieur duquel chaque énoncé avait trouvé sa place et sa raison d'être. Contrairement aux genres qu'il avait écartés d'emblée — le roman d'aventures, le récit de voyage ou la chronique historique —, le journal offrit à l'aspirant collecteur l'espace neutre dont il avait besoin : une sélection réduite au minimum et pour ainsi dire pas de risque de dispersion.

« Relater » et « frelater »

À lire le texte qui ne mentionne ni l'interruption ni la reprise — la suspension étant indiquée à travers un simple encadré « Voyage en Afrique 1931-1933 » (*J*, p. 211) —, Leiris semble être retourné à son *Journal* sans aucune difficulté. Dans le prolongement de *L'Afrique fantôme* que Gallimard était en train de publier. Pendant près de deux ans, les entrées se suivent à un rythme relativement régulier, avec des hauts et des bas mais sans mettre en cause le protocole de l'écriture quotidienne tel qu'il avait été reformulé en Afrique. Sans prétendre à l'exhaustivité — il n'en a guère le temps —, l'écrivain continue à être « d'avis qu'il faut tout raconter » sans « choisir » ni « transfigurer » (*AF*, p. 151). Le futile comme le grave, ce qui peut paraître superficiel comme ce qui met en cause les couches les plus profondes de l'être. L'obsession de la mort, le poids de l'ennui, la menace de la guerre mais aussi les gestes de tous les jours — faire ou non l'amour, rencontrer des amis, rêver... Le problème n'est plus de se reconnaître et de s'accepter. Quelle que soit sa fragilité, l'identité du sujet de l'écriture est désormais assurée. Quant à la sincérité dont le fantasme encombrait la rédaction, elle n'est plus liée au secret, à son dévoilement, c'est-à-dire à l'objet plus ou moins compromettant de l'écriture, mais à l'écriture elle-même. Ce qui déjà pointait dans le projet de mai 1929 mais n'avait pas été approfondi : « [...] je suis bien obligé de me dire que *relater* est peut-être nécessairement égal à *frelater* » (*J*, 17 mai 1929, p. 169).

Il en va différemment en ce milieu des années trente où Leiris a finalement compris que non seulement son sort mais celui de son œuvre, l'un et l'autre engagés dans une même tentative de libération, ne pouvait plus se jouer que sur le terrain de l'expression. Et s'il ne rêve que *Confessions*, ce rêve a la forme d'un « grand livre qui serait une totale mise à nu[1] ». Non plus le régime autarcique du journal mais la mise en forme et en circulation de l'autobiographie. Pour qu'il y eût « catharsis », « liquidation », il ne suffisait pas de « mettre à nu certaines obsessions d'ordre sentimental ou sexuel », encore fallait-il les « confesser publiquement » (p. 10). Pour la première fois, littérature et confession étaient unies par une même nécessité.

1. M. Leiris à M. Jouhandeau, jeudi 17 août 1933, BLJD, JHD-C, 2390.

B. *LUCRÈCE, JUDITH ET HOLOPHERNE*

Une confession érotique

Une confession, nous l'avons vu, Leiris l'avait écrite. Pourquoi alors ne pas la reprendre ? Il y avait certes les excès voulus par la collection érotique à laquelle elle avait été destinée. Mais c'était une question de vocabulaire facilement remédiable. En aucune façon une opération de censure. Sans rien retrancher, gommer çà et là, alléger la teneur scandaleuse. En fait cela n'aurait pas suffi à faire sortir *Lucrèce, Judith et Holopherne* du tiroir où Leiris l'avait déposé en décembre 1930.

Telle quelle, la confession n'était pas en mesure d'être publiée. Paradoxalement, c'est l'approfondissement de l'espace analytique où elle avait vu le jour qui la rendait maintenant insuffisante. Trop fragile. La perspective sexuelle dans laquelle elle avait été écrite apparaissait rétrospectivement trop étroite. Elle ne pouvait seule prendre en charge la nécessité de totale dénudation qui désormais légitimait l'abandon de la clandestinité, exigeait la confrontation publique. Et puis comment se satisfaire de la platitude de la narration enfermée dans la tautologie démonstrative, réduite à l'illustration d'un diagnostic qui pour être fondé ne légitimait plus à lui seul la prise de parole ? Privé du minimum de distance — ou de protection — qu'impliquait la tonalité érotique, l'écrivain se retrouvait en quelque sorte écrasé par une image que ne cernait aucune ombre, ne faisait trembler aucune incertitude. Il lui fallait aller au-delà.

Soyons clairs. Cette première version, Leiris ne l'a en aucune façon répudiée. Il en a élargi l'assise, modifié le point de vue, bouleversé la destination, mais sans que ce changement qui finit par la transformer totalement impliquât son reniement. Il en allait de l'authenticité de l'opération, qui n'avait de sens que dans sa capacité de trouver le moyen — forme et fond — d'affronter finalement le taureau par les cornes.

« Une trouvaille ... de pur hasard [1] »

1. Voir Dossier, p. 167.

Mais qu'est donc ce texte conservé actuellement à la Bibliothèque littéraire Jacques-Doucet (LRS MS 21) ? Et en quoi diffère-t-il de *L'âge d'homme* ?

D'abord par sa brièveté. Vingt-trois feuillets dactylographiés divisés en quatre chapitres (I. « Antiquités » ; II. « Lucrèce » ; III. « Judith » ; IV. « Cléopâtre », repris et développés dans les chapitres II, III, IV et VI de l'édition Folio, p. 55-100 / 136-154). Un bref prologue situe le récit autobiographique dans le champ rigoureusement délimité de l'impact aussi inattendu qu'il fut fulgurant de la découverte des tableaux de Cranach, *Lucrèce* et *Judith*. Rencontre bouleversante qui apparaît comme la manifestation d'un de ces moments de *crise* dont Leiris venait de faire dans *Documents* les seuls qui importent dans une vie — « [...] moments où le dehors semble brusquement répondre à la sommation que nous lui lançons du dedans, où le monde extérieur s'ouvre pour qu'entre notre cœur et lui s'établisse une soudaine communication » —, de même que « seules comptent les œuvres qui en fournissent un équivalent[1] ». Mais aussi instant inaugural qui ouvre la liste de ces « faits privilégiés qui nous donnent l'illusion qu'ils nous découvrent à nous-mêmes en vertu de quelque affinité ou de quelque secrète analogie » (*MT*, p. 27), dont l'esthétique tauromachique fera le moteur — sacré — de la quête autobiographique. Avec la seule différence que la perspective érotique immédiatement dévoilée restreint l'espace de l'enquête à sa seule dimension sexuelle : « La beauté du ou des modèles, les deux nus traités en effet avec une délicatesse extrême, le caractère antique des deux scènes, et surtout leur côté profondément sadique (rendu plus net encore, du fait de leur rapprochement) tout concourt, à mes yeux, à rendre ce tableau très particulièrement excitant, le type même de la peinture à se branler devant.

« Quelques souvenirs de mon enfance, joints à d'autres plus récents, vont venir à l'appui de ce point de vue » (*LJH*, f. 2).

Une mise en scène de la castration

Le propos était clair ou du moins devait-il l'être. C'est du spectacle de la blessure infligée par la castration qu'il s'agissait, ainsi que ne pouvait manquer de le suggérer le fragment qui servait d'exergue à l'ensemble du texte. Il s'agit de l'extrait du *Faust* de Goethe

1. « Alberto Giacometti », *Documents*, n° 4, septembre 1929, p. 209.

qui, dans *L'âge d'homme*, introduira le premier chapitre « Tragiques » (p. 43). Le masque vide de Méduse, la fascination nouée à l'horreur comme la vie l'est à la mort, le dispositif voir / être vu, l'inversion des pôles masculin / féminin : tout est déjà là pour qui, avant de lire, saura entendre, condensé dans le dialogue dramatique qui offre à la narration une mise en abyme facilement déchiffrable de son énigme : le ruban rouge « pas plus large qu'un couteau » qui pare le cou de celle que Faust croyait être sa bien-aimée mais derrière laquelle — c'est Méphisto qui le lui dit — se cache le visage informe de l'origine.

Un fil d'Ariane visible et efficace, fermement tenu en main tout au long d'un parcours où, sous le signe de la nudité antique, de son érotisme cruel, il est déjà question de menace et de fatalité, de victimes et de bourreaux, de jouissance et d'expiation, de terreur et de pitié. Et pourtant, rigoureusement scandé par l'enchaînement serré des titres et des sous-titres qui s'efforcent de donner ordre et sens à un vécu certainement plus brûlant que la froide démonstration qui le met en scène, le récit ne débouche sur aucune forme de révélation ni de libération. Bien qu'on le devine sur les lèvres du narrateur, le mot de l'énigme ne sera pas prononcé. Pas plus que ne sera développée l'identification au personnage d'Holopherne. Et cela malgré une description d'un violent lyrisme où, pour la seule fois dans le texte, le sujet de l'écriture laisse libre cours à l'expression de ses fantasmes sado-masochistes.

À l'instant où l'image de « la pâle et malheureuse » Lucrèce est finalement éclipsée par celle de Judith, « placide et ne paraissant déjà plus songer à la boule barbue qu'elle tient à la main, comme un gland qu'elle aurait pu couper rien qu'en serrant les lèvres de son con au moment où Holopherne éjaculait, ou bien encore que, suceuse en plein délire, elle aurait détaché du gros vit de l'homme ivre (et peut-être dégueulant) d'un seul coup de dents » (*LJH*, f. 19, **p. 143**[1]), Holopherne décapité disparaît de la scène de la représentation. Pas de main pour en relever la tête, l'exhiber au regard d'autrui. Pas de voix pour revendiquer un geste qui, figé dans son horreur mythique, ne connaît aucune forme de libération.

1. Les folios en gras renvoient à la page de *L'âge d'homme* où ont été repris les énoncés qui les précèdent.

L'écriture médusée

La défaite du général assyrien, incapable de relever la tête, donne lieu à l'évocation de toutes celles — jeunes ou vieilles, niaises ou vicieuses, douces ou cruelles, belles ou laides (*LJH*, f. 20-21, **p. 145-149**) — qui, dans la mémoire du narrateur, réactivent d'une façon ou d'une autre le geste infiniment répété de la « catin patriote » (p. 142) ainsi que, pour les besoins de la démonstration, Leiris définit Judith, au mépris de la tradition qui veut que l'héroïne biblique fût aussi chaste en sortant de la tente d'Holopherne qu'elle l'était en y entrant. Une longue liste qui reconduit le texte là d'où il était parti, à l'apparition médusante de celle dont « les seuls yeux [...] fauchent la gorge », rencontre encore plus funeste que celle de Judith qui prive de voix celui qui n'a pas voulu se laisser trancher la tête : « Car une amante, pour moi, c'est toujours un peu la Méduse ou le radeau de la Méduse. Si son regard ne me glace pas le sang il faut alors y suppléer en nous entre-déchirant, d'une façon moins physique que morale, s'entend, car il s'agit de bien autre chose encore que de l'érotisme et que de ses passe-temps [...]

« Mais *ici*⋆ je ne puis plus rien dire, sauf citer un dernier souvenir » (*LJH*, f. 21, **p. 149 et 155**). C'est l'épisode de la colère noire contre le père incapable de comprendre les vers d'Apollinaire : « Cette femme était si belle / qu'elle me faisait peur » (*Ibidem*, **p. 154**) sur lesquels se termine le texte.

L'échec de Lucrèce, Judith et Holopherne

1. D. Hollier, « À l'en-tête d'Holopherne », *Les dépossédés*, Éd. de Minuit, 1993, p. 147. Sur les déformations de la légende qui lient la décapitation à la défloration, cf. p. 142-146.

En ne permettant pas « à la première personne de se détacher, au sujet de s'exposer comme moi-qui-meurt[1] », le narrateur de *Lucrèce, Judith et Holopherne* s'est condamné temporairement au silence. Car ainsi que l'indique l'adverbe « ici », si le refus de l'explication est bien le fait d'une mutilation, celle-ci est limitée au présent de l'écriture ; à cette première tentative de construction d'une image du moi où l'écriture, miroir d'encre si elle le fut jamais, a la fragilité et la précarité d'un espace potentiel.

« J'avancerai l'idée [...] qu'en ce qui concerne le jeu créatif et l'expérience culturelle, y compris dans les développements les plus élaborés, la position en question est l'*espace potentiel* entre le bébé et la mère [...]. Là où se rencontrent confiance [du bébé] et fiabilité [de la mère], il y a un espace potentiel, espace que le bébé, l'enfant, l'adolescent, l'adulte peuvent remplir créativement en jouant, ce qui deviendra ultérieurement l'utilisation heureuse de l'héritage culturel[1]. »

1. D. W. Winnicott, *Jeu et réalité. L'espace potentiel*, Gallimard, coll. « Connaissance de l'inconscient », 1971, p. 148 et 150.

Leiris aurait-il cessé tout d'un coup de « jouer les Œdipe bénévoles » (*FO*, p. 101) si le jeu n'avait brusquement dégénéré en angoisse, ainsi que le laisse supposer la brusque interruption du texte au moment où, croisant son regard, il aurait dû faire sien le mythe de la Gorgone ?

L'âge d'homme saura tirer la leçon. La question de l'origine y sera encore posée, mais sans jamais perdre de vue qu'elle ne peut avoir d'autre réalité que celle qui alimente le fantasme de sa réponse[2]. Et si l'érotisme en reste le point de vue privilégié, si la sexualité y apparaît toujours comme « la pierre angulaire dans l'édifice de la personnalité » (p. 19), ce sera avec de moins en moins de certitude. Un doute salubre poussera le narrateur vers une nouvelle forme d'évasion qui lui permettra d'éviter de réduire ce premier essai autobiographique à un simple récit de cas.

2. Cf. Ph. Lejeune, *Lire Leiris, op. cit.*, p. 48-49.

Leiris n'en restera pas moins toujours réticent à l'égard des dernières pages de *L'âge d'homme*, de l'usage explicite qui y est fait des concepts freudiens : « [...] la critique que je fais maintenant de ce livre, c'est que, surtout vers la fin, je le trouve beaucoup trop psychanalytique. Je parle ouvertement de complexe d'Œdipe, etc. Ça me paraît sans grand intérêt. Ce à quoi je reste attaché dans *L'âge d'homme*, c'est au fond les aspects poétiques du livre : le récit, enfin les comptes rendus de certaines expériences d'enfance, des choses comme ça. Mais la partie en quelque sorte théorique et interprétative me paraît vraiment assez faible et, en tout cas, sans véritable intérêt. Là, il me semble que je m'étais écarté des conseils de Max Jacob [...], qui m'avait dit qu'il fallait bien se garder d'employer le vocabulaire psychologique et de jargonner [...][1] ».

1. Entretien radio-diffusé avec Paule Chavasse, janvier 1968. Transcription inédite.

C. PASSAGE À *L'ÂGE D'HOMME*

Portraits et autoportrait

Le 29 juin 1934, Leiris note dans son *Journal* : « Reprise d'analyse avec Adrien Borel » (*J*, p. 283). Le 17 juillet, en regard d'un autoportrait dressé quelques mois plus tôt, il recopie deux portraits romanesques dont il est le modèle plus ou moins direct[2]. Le 12 novembre, il définit une nouvelle règle d'écriture régie pour la première fois par la métaphore spatiale de l'autoportrait : « Mémoires. Retracer patiemment toute sa vie avec toute la précision désirable ; retracer un à un chaque événement et tout fixer avec le maximum de détails [...]. Peindre sa vie comme un portrait de primitif, afin — par la vertu de ce portrait — de donner consistance à son être. » Le 27 octobre suivant, le *Journal* enregistre : « [...] commencé à taper *Lucrèce, Judith et Holopherne* » (*J*, p. 291). Non pas la confession érotique de 1930 mais sa version amplifiée qui n'avait pas encore pris le titre de *L'âge d'homme*.

2. Voir Dossier, p. 147-149.

Une série de titres (*Lucrèce, Judith et Holopherne, Jeunesse de Damoclès Siriel, Antiquités de Damoclès Siriel*) a étayé la rédaction de l'ouvrage qui n'a trouvé son intitulation définitive qu'au moment où le manuscrit en fut remis à Malraux, en décembre 1935 : « Pour titre définitif, j'ai choisi L'ÂGE D'HOMME parce qu'il me semble que le sujet du livre pourrait se résumer ainsi : comment, à partir du chaos miraculeux de l'enfance, on arrive à l'ordre cruel de l'âge d'homme[1] ».

Grâce à son renvoi plus ou moins explicite à la littérature de caractère initiatique, *L'âge d'homme* arrachait le texte à la contingence du moi et favorisait le passage du singulier au pluriel vers lequel l'écrivain n'a cessé de tendre. En décembre 1929, il avait ainsi commenté (et justifié) son premier témoignage autobiographique : « [...] Je ne crois aucunement que cette façon de voir le monde me soit particulière, et il me semble qu'au contraire on peut lui accorder, sans hésiter, une très grande généralité [...][2] ».

1. Projet de prière d'insérer publié par L. Yvert, *Bibliographie des écrits de Michel Leiris*, J.-M. Place, 1966, p. 93.

2. M. Leiris, « Une peinture d'Antoine Caron », *Documents*, I, n° 7, décembre 1929, in *Zébrage*, *op. cit.*, p. 15. Témoignage repris dans *L'âge d'homme*, p. 102-103.

Ici et maintenant

Leiris se remit à écrire au moment où, de nouveau en thérapie, force lui fut de reconnaître « qu'il y a une unité dans une vie et que tout se ramène, quoi qu'on fasse, à une petite constellation de choses qu'on tend à reproduire, sous des formes diverses, un nombre illimité de fois » (p. 201). En écho à l'échec du voyage en tant que moyen d'évasion à peine enregistré, le nouveau savoir psychanalytique confirmait l'impossibilité de rompre l'identité du moi. Il n'était plus temps de reconstruire de chimériques procès temporels pour y découvrir une improbable genèse. Mieux valait comprendre — ici et maintenant — de quoi était fait ce moi, approfondir, ainsi qu'il était en train de le faire avec le docteur Borel, le travail commencé en 1930.

Ce qui signifiait affronter de nouveau le regard mortifère de Méduse et de toutes ses réincarnations. Non pas pour y succomber mais pour le neutraliser en le réfléchissant sur la surface élargie et ultérieurement polie de la page.

Dans le projet de prière d'insérer rédigé au moment où le manuscrit fut remis à Malraux, Leiris appela cela faire « œuvre à la fois psychologique et esthétique[1] ». Un double travail au terme duquel, sans solution de continuité et dans une parfaite illustration du passage qui, à l'intérieur de l'espace analytique, avait permis au sujet de l'écriture de devenir un autre lui-même à travers la reconnaissance et l'acceptation de la propre identité, le même (*Lucrèce, Judith et Holopherne*) se retrouva autre (*L'âge d'homme*).

1. Projet de prière d'insérer, *op. cit.*, p. 93.

D. *L'ÂGE D'HOMME*

« Il faut un mot à une énigme »

Lorsque Leiris reprit *Lucrèce, Judith et Holopherne*, il ne semble avoir eu initialement d'autre ambition que d'en alléger la teneur érotique, d'élucider « le courant double[2] » qui liait inextricablement terreur et pitié, et surtout de reconduire le texte au sujet de l'écriture tel que la reprise de la psychanalyse l'avait irrémédiablement défini. Les jeux étant faits depuis longtemps, il ne restait plus

2. Voir note 1, p. 16.

qu'à leur trouver un épilogue, reconnaître noir sur blanc ce qu'il savait en être la règle.

Sans perdre ultérieurement de temps et sans trop se poser de questions quant à l'ordre du récit, il rédigea un cinquième chapitre — alors intitulé « La tête d'Holopherne » (chap. VIII, « Le Radeau de la Méduse », p. 196-208) — de caractère non plus thématique mais chronologique. Du début de l'analyse en novembre 1929 à sa reprise en juin 1934, ces pages restées conclusives conduisaient, dans une parfaite coïncidence de l'une et de l'autre, à la remise en branle de l'écriture.

Holopherne relève la tête

Cependant, pour importante qu'en ait été la révélation — « [...] j'arrive mieux à comprendre ce que signifie le phantasme de Judith, image même de ce châtiment à la fois craint et désiré : la castration » (*LJH*, f. 30, **p. 202**) —, le « mot de l'énigme », à peine fut-il prononcé, ne suffit plus à l'écrivain qui transforma le projet initial d'une « simple confession basée sur le tableau de Cranach » en un « raccourci de mémoires, [une] vue panoramique de tout un aspect de [s]a vie » (p. 41). Ce qui impliqua un élargissement du point de vue jusque-là adopté et, avant tout, un rééquilibrage, en sa faveur, de l'importance narrative du héros.

À travers le thème de l'« homme blessé » (p. 128) développé dans le chapitre V, « La tête d'Holopherne » (p. 101-131), le héros fut en mesure de tenir la place qui lui revenait aux côtés des Lucrèce et Judith qui avaient jusque-là offusqué sa présence. Quant au chapitre VII, le récit des « Amours d'Holopherne » entre 1921 et 1929 (p. 155-195), il combla le vide qui séparait encore la fin de « Lucrèce et Judith » (p. 154) du début du « Radeau de la Méduse » (p. 196).

Sous le signe du théâtre

Ayant à ce point reconstruit dans ses grandes lignes l'histoire du héros, le narrateur s'efforça de lui conférer le caractère de nécessité qui en aurait légitimé la mise en circulation. Rigoureux et impitoyable dans la netteté de ses traits, le portrait ébauché — « peindre sa vie comme un portrait de primitif » avait été le mot d'ordre de novembre 1934 — collait de trop près à son modèle. Il demandait un fond sur lequel se détacher, une perspective dont l'ouverture aurait été promesse d'identité et de reconnaissance : « [...] je me conduis toujours comme une espèce de " maudit " que poursuit éternellement sa punition, qui en souffre mais qui ne souhaite rien tant que pousser à son comble cette malédiction, attitude dont je tire une joie aiguë bien que sévère, l'érotisme étant nécessairement placé pour moi *sous le signe*★ du tourment, de l'ignominie et, plus encore, de la terreur [...] » (p. 202). Ce fut chose faite lorsque, le reliant à ce qu'il eut l'illusion de faire passer pour sa lointaine origine, Leiris le plaça — à ce point il avait la force d'un destin joué depuis toujours — « *sous le signe*★ de spectacles, opéras ou drames lyriques que m'emmenaient voir mes parents » (p. 44).

Telle fut la fonction essentielle du chapitre « Tragiques » (p. 43-52) placé en tête du récit bien qu'ayant été probablement le dernier à avoir été rédigé. En substituant à la surface jusque-là plate et figée du tableau de Cranach l'espace dynamique sur lequel, dès l'enfance, il avait modelé son propre théâtre intérieur, Leiris put certes se rapprocher ultérieurement du processus primaire réactivé par les figures de Lucrèce et de Judith. Mais, chose pour lui bien plus importante, c'est alors et alors seulement qu'à travers sa mise en scène rétrospective il fut à même d'opérer la mise en forme dans laquelle l'écriture trouva la légitimation — le pouvoir libérateur de la *catharsis* — qui lui manquait : « [...] c'est peut-être à l'impression que me firent ces spectacles qu'est due cette habitude que j'ai toujours de procéder par allusions, par métaphores ou de me comporter comme si j'étais sur un théâtre » (p. 44). Dans l'enceinte délimitée et protégée où de façon inattendue se déplaça la scène de l'écriture, l'écrivain-acteur dédoublé put finalement s'ouvrir au regard de l'autre.

L'image du corps

D'ajustement en ajustement, l'ouvrage avait enfin trouvé le mode et la forme que le travail de l'écriture ne remettrait plus en question. Non plus quatre ni cinq mais huit chapitres précédés en outre d'un prologue en tête duquel le narrateur accepta de re-coller en quelque sorte ce que précédemment il avait dé-collé et abandonné, la « boule barbue » qu'il ne craignit pas à

ce point d'exhiber dans sa « calvitie menaçante » (p. 25) : « Je viens d'avoir trente-quatre
ans, la moitié de la vie » *(ibid.)*.

C'est une version mise à jour et légèrement modifiée
de l'autoportrait inséré dans le *Journal* (*J*, p. 277)
entre mars et avril 1934 qui servit d'incipit à *L'âge
d'homme*. Il s'agit de la première image de lui-même
dans laquelle l'écrivain accepta de se reconnaître.
Image détachée puis rattachée au corps du texte dans
une troublante mise en abyme de la blessure infligée
par la castration et de la tentative de cicatrisation dont
le fantasme anime l'écriture[1].

1. Voir Dossier, p. 146.

Qu'il en ait reconstruit la vérité ou simplement
construit le sens, Leiris avait enfin une histoire.
Qu'elle l'ait conduit ou non à l'âge d'homme,
il appartenait à lui seul d'en décider.

III   AU CARREFOUR
DES GENRES

A. LA LITTÉRATURE DE CONFESSION

1. DEUX DÉFINITIONS

Autobiographie...

Lorsqu'en 1971, Philippe Lejeune proposa
une définition de l'autobiographie qui très vite
devint canonique — « [...] nous appelons

autobiographie le récit rétrospectif en prose que quelqu'un fait de sa propre existence, quand il met l'accent sur sa vie individuelle, en particulier sur l'histoire de sa personnalité »[1] —, force lui fut de reconnaître que l'œuvre de Leiris, alors arrivée au troisième volet de *La règle du jeu*, s'y pliait mal. Pour ne pas renoncer cependant à la faire entrer dans son corpus, il en fit un *unicum*, une « autobiographie permanente » que Leiris aurait écrite avec « la mentalité d'un auteur de journal intime même s'il n'en emploie pas la technique[2] ». Une véritable contradiction qui reposait avant tout sur l'absence d'un procès temporel qui aurait progressé vers une fin dont il apparaissait qu'elle ne cessait de s'éloigner à l'horizon des mots qui auraient dû y conduire.

1. Ph. Lejeune, *L'autobiographie en France*, Colin, 1971, p. 14. Cette définition a été reprise et nuancée dans *Le pacte autobiographique*, Le Seuil, 1975, p. 13-46.

2. Ph. Lejeune, *L'autobiographie en France, op. cit.*, p. 38.

Qu'il ait enfreint en quelque sorte un interdit en entreprenant la rédaction de *La règle du jeu* après avoir publié *L'âge d'homme*, Leiris en fut toujours convaincu. La crainte du ressassement alimenta, dès *Biffures*, le métadiscours autobiographique : « En écrivant *L'âge d'homme*, aurais-je atteint l'extrême limite de mes possibilités ? [...] Cet ouvrage que maintenant j'écris ne serait-il qu'une ressucée, en plus mou et plus délayé, de la confession à laquelle je m'étais un jour essayé, tentative qu'on ne peut effectuer peut-être qu'une seule fois dans sa vie sauf aventures nouvelles et d'une importance assez grande pour fournir les matériaux d'un second Mémorial qui ne soit pas la simple reprise du premier sous un angle de vue légèrement différent ? » (*B*, p. 271-272).

...Ou autoportrait ?

Dix ans plus tard, Michel Beaujour opta carrément pour un autre type de classification.

Plutôt que de réaligner « toute l'histoire de l'autobiographie sur le *télos* leirisien », il postula l'existence d'un autre genre, ou du moins d'un autre type de discours : l'autoportrait, catégorie générique qui permettait de regrouper un ensemble d'œuvres — essai, méditation, promenade, antimémoires... — qui, tout en appartenant à l'espace autobiographique, n'entraient pas dans la définition de Lejeune : « L'autoportrait se distingue de l'autobiographie par l'*absence* d'un récit suivi. Et par la subordination de la narration à un déploiement *logique*, assemblage ou bricolage d'éléments sous des rubriques que nous appellerons provisoirement " thématiques "[1] ». Prit ainsi forme un corpus à l'intérieur duquel Leiris descendait moins de Rousseau que de Montaigne, où il était plus proche de Roland Barthes que de Jean-Paul Sartre.

1. M. Beaujour, *Miroirs d'encre. Rhétorique de l'autoportrait*, Le Seuil, 1980, p. 8. Dans la liste « Du même auteur » établie à la fin de ses ouvrages, l'œuvre autobiographique de Leiris fut toujours rangée dans la rubrique « Essais ».

2. L'HORIZON D'ATTENTE

Rousseau...

Que *L'âge d'homme* posât des problèmes de définition, Leiris fut le premier à en être convaincu à peine la rédaction en fut-elle achevée. S'il ne disposait pas d'un terme plus approprié, il n'en restait pas moins que l'ouvrage qu'il venait d'écrire ne correspondait en aucune façon au modèle d'où il était parti. C'est en effet sous l'égide de Rousseau qu'au cours de l'été 1933, l'écrivain avait mis en branle le projet qui devait aboutir à la reprise de *Lucrèce, Judith et Holopherne* : « Pas d'autre forme littéraire actuellement possible — au moins pour moi — que la littérature " de confession " », écrivait-il dans son *Journal* (*J*, 24 août 1933, p. 230), après avoir confié à son ami Jouhandeau : « Je suis plongé dans Rousseau et je ne rêve que *Confessions*[1] ». Au même moment il préparait la publication de *L'Afrique fantôme* et se servait de Rousseau et du principe d'autorité pour justifier une pratique dont il évaluait à sa juste mesure la part de scandale : « On trouvera qu'en maints endroits je me montre particulier, chagrin, difficile, partial — voire injuste —, inhumain [...].

« Mon ambition aura été, au jour le jour, de décrire ce voyage tel que je l'ai vu, moi-même tel que je suis... » Et, après avoir cité quelques lignes du fameux préambule des *Confessions*, il concluait : « Jean-Jacques Rousseau a dit[2] ». Des *Confessions*, il privilégiait alors l'exhibitionnisme provocateur, l'orgueil impudique — ce qu'il appelait leur « fraîcheur » —, projetant à son tour « un grand livre qui serait une totale mise à nu mais sans aucun cynisme[3] ».

Loin de lui le soupçon qu'un tel projet impliquerait un bouleversement des formes du contenu et plus encore de celles de l'expression qui sanctionnerait l'inadéquation du modèle rousseauiste. Qu'il serait conduit à expérimenter une forme d'écriture qui aurait à son tour valeur inaugurale.

1. M. Leiris à M. Jouhandeau, *op. cit.*

2. Préambule de 1934 dans *Miroir de l'Afrique*, Gallimard, coll. « Quarto », 1995, p. 96.

3. M. Leiris à M. Jouhandeau, *op. cit.*

Car, dans son évolution, l'histoire des genres littéraires voulut que pour être plus proche de Rousseau, Leiris s'en éloignât. Que pour préserver ce qu'il considérait comme l'essentiel de l'acte autobiographique, son « centre illocutoire[1] » — « dire toute la vérité et rien que la vérité » (p. 18) —, il en modifiât les aspects incompatibles avec le cadre anthropologique à l'intérieur duquel il prenait forme. C'est du reste sur cette différence dont il ne put rendre compte qu'en tentant de la décrire que, l'ouvrage à peine achevé, l'écrivain mit l'accent : « Bien que tous les faits relatés soient véridiques et tous les symboles mis en œuvre, jusqu'aux moindres, répondent à quelque chose de réel, il ne s'agit pas à proprement parler d'une autobiographie. Je n'ai pas tenu compte, en effet, de l'ordre chronologique, tentant seulement de définir certains thèmes — qui correspondent aux titres, et parfois aux sous-titres, de chapitres — autour desquels les éléments se groupent, envisagés en fonction de ces thèmes et n'ayant de valeur que par rapport à eux [...][2] ». Au moment de la publication, Leiris ne jugera plus utile de justifier la forme hybride de son texte. Elle était devenue sa propre justification. La réponse en quelque sorte obligée à la tentative de « parler de lui-même avec le maximum de lucidité et de sincérité » (p. 10). Sans autre forme de procès et parce qu'il tenait alors essentiellement à prendre ses distances par rapport à la littérature romanesque traditionnelle — « la néga-

1. E. W. Bruss, « L'autobiographie considérée comme acte littéraire », *Poétique*, n° 17, 1974, p. 25.

2. Projet de prière d'insérer de 1935, *op. cit.*

tion d'un roman » (p. 15), précisera-t-il dans la réédition de 1946 —, *L'âge d'homme* sera rattaché aux « romans autobiographiques, journaux intimes, souvenirs, confessions, qui connaissent depuis quelques années une vogue si extraordinaire » (p. 10). Un ensemble hétérogène dans lequel l'ouvrage pouvait jouir de la liberté que Leiris ne savait pas être celle de l'autoportrait.

Dans une note du 31 janvier 1941 dont la dernière phrase a été reprise en partie dans « De la littérature considérée comme une tauromachie » (p. 15), Leiris reliera le rejet de toute affabulation au « sens de " refus ", [au] caractère profondément négatif que me semble avoir toute mon activité écrite, ou du moins ce que je considère comme ses produits les plus valables : *L'Afrique fantôme* est née de mon refus d'écrire un livre ressortissant au genre " littérature de voyage " ; *Glossaire, j'y serre mes gloses* repose, au moins quant à l'idée originelle, [...] sur le désir que j'éprouvais de disséquer — presque : de détruire — ce qui formait le noyau de mon vocabulaire poétique [...] ; quant à *L'âge d'homme* il est, en somme, la négation d'un roman et je me suis proposé avant tout d'y condenser, presque à l'état brut, un ensemble d'images et de faits que je me refusais à exploiter en laissant travailler dessus mon imagination » (*J*, p. 335-336).

B. UN « MAUVAIS SCÉNARIO »

Clôture et suspension

Contrairement au récit autobiographique traditionnel qui poursuit le sens de la vie dans l'ordre explicatif de la chronologie,

L'âge d'homme se présente comme un système de signification construit à partir de l'illustration et de la mise en place d'une série de thèmes et d'images dont le sens s'est dévoilé « cahin-caha, de recherche en recherche, de mystère en mystère » (p. 134), au fur et à mesure que l'ouvrage prenait forme. Et cela même si la dernière partie — « Amours d'Holopherne » et « Le Radeau de la Méduse » — reconduit la narration de la fin de l'adolescence au présent de l'écriture. Appendices du récit auxquels ils ont été rajoutés pour illustrer la « connaissance pratique » faisant naturellement suite à « la connaissance théorique de l'amour » (p. 135) acquise dans la première partie, les deux derniers chapitres n'achèvent en aucune façon un parcours dont ils constitueraient les ultimes étapes au terme desquelles aurait pu être « tiré un trait horizontal barrant la page d'un bord à l'autre ou bien inscrit, en grosses lettres satisfaites, le mot FIN [...] » (*B*, p. 268).

Alors qu'il semblait s'acheminer vers une conclusion qui aurait pu en être l'heureux dénouement — « Je vais mieux, semble-t-il [...] » (p. 201) —, le récit se prive de toute possibilité de clôture en bifurquant au dernier moment vers « un nouvel enfer, moins flamboyant, plus mesquin, mais tout aussi peu vivable » (p. 203), hanté lui aussi par les figures de Lucrèce et Judith dont les « dernières apparitions » — les rêves « La femme turban » et « L'ombilic saignant » (p. 204-208) — rouvrent, pour ne plus la fermer, la liste que le destin assumé d'Holopherne avait semblé pouvoir clore.

« [...] Leçons par l'image en même temps qu'énigmes à résoudre [...], attirantes figures féminines fortes de leur propre beauté et de tout ce qu'un symbole, par définition, a de trouble » (p. 53-54), Lucrèce et Judith sortent du récit comme elles l'avaient ouvert : avec la force et la dignité d'allégories qui pour avoir été élucidées n'en demeurent pas moins chiffres d'existence : « Judith (monde qui m'écrase), Lucrèce (monde sans danger, mais alors dépourvu de toute réalité, sur lequel je crache, et qui se dissout).

« [...] À un autre point de vue, Judith-meurtrière, comme image de la mort terriblement mâle (chirurgicale ou guerrière). Lucrèce-suicidée, comme image de la mort retour-au-sein-maternel, empreinte alors de douceur et représentant une protection contre la terrible mort virile » (*J*, 2 avril 1939, p. 322-323).

Une œuvre ouverte

En enfermant le sujet dans la répétition pléthorique de l'identité, les dernières pages de *L'âge d'homme* sanctionnent l'échec de l'évasion telle que le projet de « ramasser ma vie en un seul bloc solide » (p. 20) pour mieux s'en libérer lui avait donné une ultime forme. Mais elles orientent aussi et simultanément l'écriture vers ce qui sera à la fois sa condamnation et les conditions de sa survie. Car c'est ici que commence le jeu qui, d'« échec » en « échec », permit à Leiris d'édifier l'une des plus grandes œuvres de notre siècle. Soyons-en sûrs, le « nouvel enfer » né des cendres du précédent aura été tout compte fait plus vivable que le « calme à peu près plat » (p. 203) qui aurait assuré un terme au récit. En empêchant le récit de franchir la ligne d'arrivée après laquelle « l'existence serait jouée et la mort deviendrait la seule étape où désormais s'arrêter » (*FO*, p. 90), la ligne de points de suspension qui momentanément l'interrompt n'a-t-elle pas assuré à l'écriture les conditions de son prolongement, l'exploration du vide au bord duquel elle s'est arrêtée[1] ?

Œuvre ouverte, *L'âge d'homme* le fut avant *La règle du jeu*. Pour des raisons liées elles aussi à la contrainte qu'exerce la menace de la mort en « ravalant [...] toute vie possible [...] au rang de mauvais scénario qui, à proprement parler, ne se dénouera pas mais finira parce que, d'une manière ou d'une autre, la représentation doit finir » (*FO*, p. 71). En se définissant, à travers le pacte autobiographique, comme *mimésis* inaugurale de ce « mauvais scénario », *L'âge d'homme* en expérimenta le premier les conséquences déterminantes quant au profil qu'il finit par assumer. Non pas l'objet plein et compact « que je pourrais toucher comme pour m'assurer contre la mort » (p. 20), mais un miroir tendant à « déployer intelligemment une représentation des choses ou du sujet qui les connaît, tout en ménageant la possibilité de renvois d'un lieu en un autre et celle d'ajouts dans les lieux déjà parcourus[2] ». Une tentative de rémunérer le « défaut originel » qui l'a miné en amont — « Il m'est impossible de découvrir à partir de quel

1. Déjà dans *L'Afrique fantôme*, une ligne de points de suspension suivait les derniers mots : « Il ne me reste rien à faire, sinon clore ce carnet, éteindre la lumière, m'allonger, dormir — et faire des rêves » (*AF*, p. 525).

2. M. Beaujour, *Miroirs d'encre*, *op. cit.*, p. 31.

moment j'ai eu connaissance de la mort [...] (p. 30) — comme en aval — « [...] une grande partie de l'effroi que j'éprouve à l'idée de la mort tient peut-être à ceci : vertige de rester suspendu en plein milieu d'une crise dont ma disparition m'empêchera, au grand jamais, de connaître le dénouement » (p. 86-87). Deux lacunes « obsédantes » dans lesquelles se sont perdus à tout jamais les termes à l'intérieur desquels, de la naissance à la mort, aurait pu se développer de façon linéaire ce qui aurait été le récit d'une vie.

Leiris tentera d'explorer — si ce n'est de combler — l'abîme ouvert par ces « lacunes obsédantes » dans le chapitre initial de *Fourbis, Mors,* à travers une série de relais associatifs tressés à partir de la métaphore théâtrale du « Rideau de nuages » derrière lequel se cache la présence angoissante de la mort : « L'événement capital que j'ai toujours été dans l'incapacité de retrouver (cela pour la simple raison qu'il n'a jamais dû se produire [...]) est en effet celui qu'aurait constitué pour moi ma prise de conscience de la mort ou, plus précisément, du fait que ma propre vie — cette vie que je ne peux pas croire soumise aux mêmes lois que celle des autres — ne saurait manquer de s'arrêter pile, en un radical écroulement » (*FO,* p. 22).

IV   UN DRAME MYTHIQUE

A. L'ACTUALITÉ PERMANENTE DU MYTHE

Un scénario en quête de metteur en scène

Lorsque Leiris se met à rédiger *L'âge d'homme*, son existence est organisée en un scénario dont l'intrigue et le dénouement ne sont plus objets de mystère : « S'il s'agissait d'une pièce de théâtre, d'un de ces drames dont j'ai toujours été si féru, il me semble que le sujet pourrait se résumer ainsi : comment le héros — c'est-à-dire Holopherne — passe tant bien que mal (et plutôt mal que bien) du chaos miraculeux de l'enfance à l'ordre féroce de la virilité » (p. 41-42). Devant lui non plus la suite d'actions et d'événements dont le sens longtemps lui avait échappé, mais l'image d'un destin (ou de ce qui se voudrait tel) en quête du lieu de représentation où la contingence deviendrait fatalité, où l'anecdote atteindrait à la dignité du mythe.

C'est probablement comme une évidence retrouvée que la scène théâtrale dont les spectacles avaient nourri son enfance est alors redevenue le lieu du mystère et de l'initiation, du sacrifice et du rituel où « toutes choses [...] sont transposées sur le plan du sublime et se meuvent dans un domaine à un tel point supérieur à celui de la réalité courante qu'on doit envisager le drame qui s'y noue et s'y dénoue comme une espèce d'oracle ou de modèle » (p. 47).

Non que sa vie fût un modèle. Loin de là. Mais s'il voulait racheter la médiocrité qui en avait sapé les bases, la doter du « caractère de gravité tragique » *(ibid.)* qui jusque-là lui avait fait défaut, il lui fallait de nouveau (du moins le croyait-il) interpréter les rôles qui, enfant, l'avaient fait « pleurer », « s'extasier », « trembler » lui permettant de vivre « les affres de Rhadamès et Aïda » et de ressentir « une angoisse dont [il] ignorai[t] alors la nature érotique » (p. 44). Jouer aux yeux de tous, comme aux siens, ce rôle de victime dont, maintenant qu'il avait « fait un peu mieux le tour de [lui]-même » et s'était « appliqué à rejeter [s]es faux-semblants » (p. 184), il connaissait non seulement les tenants et aboutissants — « Ce souvenir est, je crois, le plus pénible de mes souvenirs d'enfance. [...] Toute ma représentation de la vie en est restée marquée : le monde, plein de chausse-trapes, n'est qu'une vaste prison ou salle de chirurgie » (p. 105) — mais aussi les ficelles les plus grossières — « De très bonne heure, je sais que j'eus le goût des larmes, joint à celui d'une certaine comédie » (p. 149).

Ainsi qu'il l'avait vue représentée en Abyssinie, Leiris s'apprêtait à interpréter une forme de théâtre à la fois joué et vécu où, « loin de rester confinée dans la passivité ou d'être tirée d'elle-même pour une activité de pur jeu, la personne est intégralement mise en cause outre qu'elle peut dans une certaine mesure inventer elle-même les scènes dont elle devient protagoniste[1] ». La part de

1. « La possession et ses aspects théâtraux », in *Miroir de l'Afrique, op. cit.*, p. 1060. Le 29 juin 1934, Leiris avait noté dans son *Journal* (p. 283) : « Reprise d'analyse avec Borel. Importance de Malkam Ayyahou. » Mère d'Emawayish, Malkam Ayyayou était la « cheffesse » des possédés de la confrérie *zâr* étudiée par la mission, et Leiris en particulier, à Gondar.

l'invention revenant ici au choix opéré dans le vécu autobiographique, à la possibilité de le faire rayonner par le recours à l'allégorie et au mythe : « Méthode : manier les symboles, les faits et réalisations symboliques en ce qu'ils vous ont de plus personnel, de plus particulier, pour se mettre dans l'état de voyance apte à vous faire toucher les courants impersonnels, l'humanité générale qui vous traverse » (*J*, 1933, p. 220).

Du bon usage du mythe

On trouve ici l'un des éléments les plus caractéristiques de la poétique du texte, ce qui en fait l'originalité mais en constitue aussi l'un des obstacles les plus périlleux : l'ambition plus ou moins avouée de produire un discours à la fois « naïf et critique » pour reprendre une juste formule de R. Simon[1], la voix de l'auteur y faisant constamment écho à celle de l'acteur, le présent s'engouffrant dans le passé (et vice versa), dans la tentative de donner corps à cette « sorte d'" actualité permanente " » où réside le mythe.

En 1935, Leiris n'avait pas encore rédigé *La langue secrète des Dogons de Sanga*, mais l'enseignement de ses maîtres lui avait appris que « le mythe, dans la mesure où il est associé à un rituel qui le met en acte, se trouve être à la fois narration du fait passé que le rite reproduit plus ou moins symboliquement, explication de l'origine de ce rite (sa fondation par les ancêtres) et garantie de son efficacité présente, en tant qu'il est constatation d'un précédent grâce auquel on peut

1. R.-H. Simon, *Orphée médusée. Autobiographies de Michel Leiris*, L'Âge d'homme, coll. « Lettera », p. 96.

s'attendre à ce que les choses, puisqu'elles se sont produites ainsi dans le passé, se reproduiront de même maintenant et dans l'avenir, appelées à une série indéfinie d'identiques reproductions par la continuelle répétition du rite[1] ».

Le mythe et sa traduction dramatique furent certes une façon d'imposer un « ordre » au « chaos », de lui trouver ou, plus précisément, d'en expliciter le sens. Cependant, dans son constant va-et-vient entre passé, présent et avenir, il fut aussi la forme la plus appropriée à mettre en scène, de la manière la plus spectaculaire pour autrui comme pour lui-même, l'image du sujet qui avait présidé à la reprise de l'écriture, cette « petite constellation de choses qu'on tend à reproduire, sous des formes diverses, un nombre illimité de fois » (p. 201). Constellation dont Leiris put alors croire qu'il lui suffirait de la circonscrire pour la maîtriser.

Une poétique de la constance [2]

On ne s'étonnera pas dès lors que, dans son désir de parvenir à une image synthétique et achronique de lui-même, l'écrivain ait renoncé à toute velléité de reconstitution historique au profit d'une forme d'analyse tautologique où passé et présent finissaient par s'équivaloir. En ce sens, aucune forme d'évolution ou de transformation n'anime la narration qui ne se lasse pas de souligner les liens qui rattachent irrémédiablement l'adulte à l'enfant qu'il a été : « Je constate qu'il y avait *déjà*★

1. *La langue secrète des Dogons de Sanga (Soudan français)* (1948), J.-M. Place, 1992, p. 52-53. La formule « actualité permanente » est empruntée par Leiris à M. Leenhardt.

2. Voir l'ensemble du chapitre III, « Grammaire de l'autobiographie », *in* R.-H. Simon, *Orphée médusé, op. cit.*

[...] l'élément qui caractérise *encore aujourd'hui** l'idée que je me fais du courage [...] » (p. 123).

On n'en finirait pas en effet de recenser les lieux du texte qui suggèrent l'infinie répétition du même qui structure l'ensemble de l'œuvre : « [...] je me demande s'il n'exprime pas par là le caractère de violence sanglante que je ne puis m'empêcher de prêter à la joute des sexes, *comme au temps éloigné** où je m'imaginais que les enfants s'engendrent, non par le sexe de la mère, mais par son ombilic [...] » (p. 64).

Dans *Fibrilles*, troisième volume de *La règle du jeu*, Leiris cherchera encore à saisir ce que Blanchot a appelé « la constante inexactitude de l'être vivant » : « [...] un portrait de ce genre n'a pas à imiter l'instantané photographique, puisque c'est à une sorte d'intemporalité que l'on vise plutôt qu'à l'actualité quand on essaye (ce que je fais ici) de définir ses propres traits en s'attachant au circonstanciel pour en extraire ce qu'il enveloppe de constant » (*FI*, p. 221).

Bien que le narrateur ait vite mesuré les dangers et les limites d'une telle démarche, c'est à partir de (et par rapport à) l'aveu relatif au présent que se met en branle la recherche des événements passés qui pourraient l'éclairer ou l'expliquer dans une forme de fondu-enchaîné où s'abolissent les catégories temporelles : « *Actuellement**, ce qui me frappe le plus dans la prostitution, c'est son caractère religieux [...]. Tout cela doit être *lié**, au moins dans une faible mesure, à l'influence qu'ont eue sur moi certaines lectures édifiantes [...]. Peut-être dois-je voir dans cette image *l'origine*★ de cette idée que j'ai, comme quoi prostitution et prophétie sont proches parentes ? » (p. 63).

Aussi, présentés le plus souvent sous le mode de listes ou d'inventaires susceptibles d'être allongés au gré du souvenir et des associations : « Ces différents souvenirs s'associent pour moi à la menace que me fit un jour mon frère aîné [...], ainsi qu'à celle que m'avait faite une fois un camarade de classe [...] ; ils se rattachent aussi au sentiment désagréable [...]. Viennent alors, par ondes de plus en plus larges et vagues, des souvenirs d'événements variés [...] » (p. 103), les énoncés s'ajoutent-ils les uns aux autres non pas pour modifier ou rectifier ce à quoi ils s'ajoutent, mais pour en renforcer la valeur illustrative et démonstrative.

À titre d'exemples, quelques éléments de cette grammaire de la permanence.

— D'abord les adverbes et locutions adverbiales : «*jusque dans*★ ma plus lointaine enfance » (p. 28), « le goût que j'ai *toujours*★ eu » (p. 68), « *De tout temps*★ j'ai aimé » (p. 137).

— Mais aussi les verbes : « je *demeure*★ encastré dans ces Âges de la Vie » (p. 35), « Le mobilier [...] *annonce déjà*★ » (p. 60), « Un récit qui [...] *me tient*★ sous son charme » (p. 138).

— Et enfin les adjectifs : « un des traits *profonds*★ de mon caractère » (p. 49) « une *commune*★ et très ancienne racine » (p. 112).

Du paragraphe au chapitre comme du chapitre au livre — la différence étant dans cette perspective essentiellement quantitative —, le procédé s'applique aux unités les plus restreintes comme aux plus amples. Ne s'agit-il pas, de la première à la dernière page, de « dégager quelques-uns des linéaments qui s'avèrent *permanents** à travers cette dégradation de l'absolu, cette progressive dégénérescence en quoi pourrait selon moi se traduire, pour une très large part, le passage de la jeunesse à l'âge mûr » (p. 29) ?

B. LE PROLOGUE

Qui suis-je ?

Comme l'exige la dramaturgie classique, c'est par un prologue où est présenté le héros et exposé le sujet du drame que commence *L'âge d'homme*.

Introduites alors même que la rédaction de l'ouvrage était achevée, ces pages liminaires — et voulues telles par le refus de les transformer en chapitre, le premier — placèrent de façon définitive le sujet de l'écriture au centre de la narration. C'est par rapport à lui et dans sa perspective que l'auteur entendait situer son entreprise. La légitimer. Mais aussi la racheter en transformant l'échec de l'évasion, la répétition de l'identique, en une condamnation qui transcenderait la contingence anecdotique, en ferait la marque d'un destin écrit depuis toujours.

« Je viens d'avoir trente-quatre ans, la moitié de la vie. Au physique, je suis de taille moyenne, plutôt petit » (p. 25). Frustrant toute possibilité de révélation, c'est avec une franchise et une assurance qui imposèrent le respect et l'attention que, s'affirmant contemporain de son geste autobiographique, Leiris dévoila d'emblée l'image de lui-même dont il savait pour l'avoir déjà écrit que le récit ne serait pas en mesure de modifier les traits. C'est aux durs contours de l'ici et maintenant, de ses échecs comme de sa détresse, que devraient se heurter les mythes à travers lesquels serait lu le passé ; c'est sur les traits de l'adulte que devrait se modeler la physionomie de l'enfance.

Malgré sa tonalité dysphorique, la description physique et morale qui ouvre l'ouvrage assertait une identité que le narrateur acceptait de reconnaître comme la sienne en l'offrant pour la première fois au regard d'autrui. La violence qui l'animait — « Ce que m'a dit Picasso de mon portrait physique du début : " Votre pire (ou meilleur) ennemi n'aurait pas fait mieux ! " » (*J*, janvier 1936, p. 298)[1] — donne la mesure de l'enjeu du combat que l'auteur entendait mener non pas avec l'autre d'un passé plus ou moins éloigné mais avec le même du présent de l'écriture. Et si l'on a pu admirer « avec quelle distance et quelle intimité l'auteur s'y considérait, ne feignant ni une indifférence superbe, ni la passion de la découverte[2] », c'est que c'était sur lui, Michel Leiris tel qu'en lui-même, qu'il entendait porter le regard. Dans le respect des règles qui l'empêchaient de se renier ou de se désolidariser du spectacle dont il avait apprêté la mise en scène.

1. Voir Dossier, p. 177.

2. J.-B. Pontalis, « Michel Leiris, ou la psychanalyse sans fin », *Après Freud*, Gallimard, coll. « Tel », 1993, p. 315.

Taureau et torero, avons-nous dit initialement. Corrida ou tragédie, quelle qu'en
aurait été l'issue, il y aurait eu mise à mort,
sacrifice. Leiris le savait et le désirait : « Je
voudrais que mes amis se rendent bien
compte que *L'âge d'homme* est une liquidation. Si j'ai fait mon portrait avec tant de
minutie, en me montrant si vil, ce n'est pas
par complaisance mais avec sévérité et
comme un moyen de rompre » (*J*, 7 janvier
1936, p. 298). Mais il ignorait que l'issue ne
serait pas définitive, que le combat — en cela
plus tragique que ce qu'il avait imaginé —
reprendrait à peine achevé.

1. Exergue des
Confessions de
Rousseau.

Intus et in cute[1]

Corps, comportement, gestes, activités,
sexualité : l'autoportrait dressa l'inventaire
cruel et pointilleux des déficiences et des
lacunes dont le récit aurait charge — ainsi
semblerait-il au lecteur ignorant de la genèse
du texte — de retracer l'histoire dans un parcours qui se voulait circulaire : « En deçà de
cet enfer, il y a ma première jeunesse vers
laquelle, depuis quelques années, je me
tourne comme vers l'époque de ma vie qui
fut la seule heureuse, bien que contenant
déjà [...] tous les traits qui, peu à peu creusés

2. « Structure d'un
livre : rapports ré-
ciproques des par-
ties au tout et des
parties entre elles.
Le commencement
explique la fin, la
fin explique le
commencement »
(*J*, 19 octobre
1935, p. 291).

en rides, donnent sa ressemblance au portrait » (p. 29).

Commençant là où il savait qu'il finirait,
Leiris réussit, dès les premières lignes, à
imprimer au texte l'image de l'enfermement
et de l'identité qui en était l'objet[2]. Du
constat initial : « [...] j'éprouve de plus en

plus nettement la sensation de me débattre dans un piège et — sans aucune exagération littéraire — il me semble que je suis *rongé* » (p. 27) à la résignation finale : « [...] tout se passe exactement comme si les constructions fallacieuses sur lesquelles je vivais avaient été sapées à la base sans que rien m'eût été donné qui puisse les remplacer. Il en résulte que [...] le vide dans lequel je me meus en est d'autant plus accusé » (p. 201), la définition du sujet ne sera pas modifiée d'une virgule.

Métaphysique de l'enfance

Ajouté au dernier moment, le fameux incipit exposa sans vergogne l'image du corps à partir de laquelle, assuré d'une assise qui le protégeait des risques d'égarement ou de dispersion, le sujet de l'écriture trouva *in extremis* la force de se projeter, au-delà de ce qui avait fait la matière du récit, vers son plus lointain passé, là où pouvaient avoir pris forme les modèles configurants dont seraient dévoilés les avatars successifs. Présentées comme « le cadre — ou des fragments du cadre — dans lequel tout le reste s'est logé » (p. 41), les rubriques de « la métaphysique de mon enfance » (p. 29) — « Vieillesse et mort », « Surnature », « L'infini », « L'âme », « Le sujet et l'objet » — dressèrent la liste des questions essentielles auxquelles le texte allait répondre à travers une série d'exemplifications anecdotiques superposées les unes aux autres sans aboutir cependant à aucune forme de solution.

Sont ainsi recensées les premières interrogations sur le mystère de l'origine, le rapport à l'objet, l'ambiguïté du plaisir érotique, le vertige de la représentation, mais surtout l'« espèce d'irréalité, d'*absurdité* de la mort » (p. 87) devenue en cours de rédaction « l'essentiel du problème [...] qui relève donc de la métaphysique » (p. 153)[1].

C'est à travers une série d'ajouts de la dernière version (p. 86-88 et 153) que Leiris a placé « le problème de la mort [et] [...] l'appréhension du néant » (p. 153) au centre de ses préoccupations, ôtant à la question sexuelle le rôle prédominant qui avait été initialement le sien. En écho à la confession de Damoclès Siriel : « Craignant la mort, je détestais la vie » (*A*, p. 84), le narrateur impute l'une des raisons majeures de l'échec de sa relation avec Kay à « l'idée de la mort » (p. 177). Il lie de même l'habitude de poudrer son visage à une « tentative symbolique de *minéralisation*, réaction de défense contre ma faiblesse interne et l'effritement dont je me sentais menacé » (p. 185)[2].

1. Voir l'ajout du « récit qui m'impressionnait entre tous [...] celui de la disparition du roi Arthur, dont on ne sait s'il est vraiment mort [...] » (p. 138).

2. Sur ce thème et la poésie comme « conscience tragique des choses qui ne se retourne pas en pur et simple écrasement », voir la longue note du *Journal*, février-mars 1936, p. 299-302.

C. L'ENFANCE D'HOLOPHERNE, OU UN INTERPRÈTE EN QUÊTE DE SENS

Commence alors la première partie de la représentation : cinq chapitres ou actes au cours desquels sont mis en place décors et personnages et nouées les premières intrigues. Ce sont les années de formation où le héros apprend à explorer la scène du monde, à distinguer la représentation de la réalité, à reconnaître les rôles qui seront un jour les siens. Tout entier immergé dans un univers qui se présente à lui comme une énigme, il s'exerce au déchiffrement, à la manipulation des signes : « Entièrement dominée par ces effrois d'enfance, ma vie m'apparaît analogue à celle d'un peuple perpétuellement en proie à des terreurs superstitieuses et placé sous la coupe de mystères sombres et cruels » (p. 103).

« *Tragiques* », ou le monde comme un théâtre

À l'origine, le théâtre. Non pas le drame annoncé par le prologue, mais sa mise en abyme. Un avant-spectacle, si l'on veut, où le lecteur est invité à se substituer momentanément au héros, à prendre la place qu'il occupait dans l'avant-scène de l'Opéra de Paris et de laquelle, dès sa dixième année, « [s]e penchant beaucoup, car même assis au premier rang il était difficile de voir plus de la moitié gauche de la scène », il assista « à maintes productions du répertoire » (p. 44). Mais alors que l'enfant, stimulé par son imagination et ses propres réactivations fantasmatiques, devait, seul, déchiffrer les énigmes qui s'offraient à son regard, aucune forme de mystère n'est laissée au lecteur par l'écrivain anxieux de dévoiler la trame à travers laquelle il entend que soit perçue la mise en scène de son histoire.

Il apparaît très vite que les spectacles qui défilent devant nous n'ont pas été choisis au hasard du souvenir mais parce que leurs personnages unissent tous la violence à l'amour — tels Salomé vautrée « demi-nue devant la tête d'Yokanaan » (*ibid.*) ou Amfortas blessé « après qu'il a rompu son vœu de chasteté » (p. 45) —, pour ne citer que ceux qui suscitèrent le plus explicitement le trouble et l'angoisse érotiques du jeune spectateur.

En fait, ainsi que le suggère le ruban rouge de Méduse qui traverse le chapitre de part en part, c'est la suite de son propre spectacle qu'à travers cet habile montage des étapes de son évolution de spectateur, le narrateur a ainsi préparée. De *Rigoletto* à *Faust*, de *Roméo et Juliette* à *Aïda*, des *Contes d'Hoffmann* à la chanson entendue « vers la Noël dernière » (p. 52), « c'est une *même* émotion qui se manifeste[1] », celle que nous le retrouverons éprouver devant Lucrèce et Judith : « Aussi, dès cette époque eus-je un goût très prononcé pour le tragique, les amours malheureuses, tout ce qui finit d'une manière lamentable, dans la tristesse ou dans le sang » (p. 48).

Quelques années plus tôt, il avait écrit : « Si la tragédie, en matière esthétique, est essentiellement noble, ce n'est pas à cause de la majesté du langage ou de la grandeur des attitudes, mais parce que beaucoup de sang, apparemment ou non, y est versé. Œdipe aux yeux sanglants représentera toujours le summum du grandiose, tant il est proche, et par son crime et par ses blessures, de nos effrois d'enfance[2]. »

« *Antiquité* », ou comment conjuguer érotisme et classicisme

À ce point, le drame pouvait commencer. Après le défilé des premières « images symboliques de la Femme » (p. 52), il ne restait plus qu'à introduire Lucrèce et Judith, préciser à travers la réactivation de quels mécanismes les figures représentées dans le

1. Ph. Lejeune, *Lire Leiris, op. cit.*, p. 59. C'est à travers l'analyse détaillée de ces premiers chapitres que Lejeune a mis à jour les fantasmes sexuels en grande partie liés à la scène originaire dont il a brillamment démontré comment ils sous-tendent la rédaction de l'ouvrage.

2. M. Leiris, « Une peinture d'Antoine Caron », in *Zébrage, op. cit.*, p. 15.

tableau de Cranach avaient pu bouleverser le narrateur comme autrefois Stella, « triple incarnation, sous des aspects divers, d'une femme [...] insaisissable » (p. 50), la séduction reposant, alors comme maintenant, sur le fait qu'il y avait « quelque chose à " comprendre " » (p. 50)[1].

Or c'est entre l'aveu d'une prédilection pour l'allégorie et pour « tout ce qu'un symbole, par définition, a de trouble » (p. 53-54), d'une part, et l'évocation d'une antiquité marmoréenne, voluptueuse et cruelle, de l'autre, que font leur apparition les deux figures antiques insérées à leur tour dans le moule où s'élabora la « notion de la Femme Fatale » (p. 50).

Qu'il s'agisse de l'allégorie — « leçon [...] par l'image en même temps qu'énigme [...] à résoudre, et souvent attirante [...] figure [...] féminine [...] » (p. 53) ; de l'antiquité dont le caractère excitant dérive du simple fait que « parmi les premières lectures contenant des épisodes ayant pour moi une valeur érotique figuraient des livres se passant dans l'antiquité » (voir Dossier, p. 170) ; ou des tableaux de *Lucrèce* et *Judith*, dont l'érotisme est explicitement lié au « caractère antique des deux scènes » et à leur « côté profondément cruel » (p. 56), c'est une unique constellation fantasmatique que le texte met en scène dans la tentative de reconduire le choc éprouvé à l'automne 1930 à l'époque où le narrateur n'avait pas les moyens de le déchiffrer.

Autour de cette constellation gravitent une série de souvenirs qui, à travers le thème du sacrifice, aboutissent au « goût que j'ai tou-

1. Cf. « Un récit qui m'impressionnait entre tous et qui, même à l'heure où je recopie ces lignes, me tient sous son charme d'énigme [...] » (p. 138).

jours eu d'une certaine forme classique »
(p. 68) et, par là, à l'unité postulée des
formes du contenu et de l'expression : « En
un certain sens, il n'y a pas de différence
pour moi entre " antique " et " classique "
puisqu'il s'agit toujours de cette même
pureté, dureté, froideur ou roideur — qu'on
l'appelle comme on voudra ! » *(ibid.)*. Michel
Beaujour l'a parfaitement résumé : reconstituer l'érotique de l'antique ce fut pour Leiris
aussi bien « faire l'archéologie de ses désirs et
de ses craintes d'adulte [...] [que] produire
au présent l'archéologie de sa propre écriture [...][1]. »

1. M. Beaujour, *Miroirs d'encre, op. cit.*, p. 217 et plus particulièrement les p. 204-220 du chapitre III.

« Lucrèce », ou le charme ambigu de la victime

« Lucrèce » c'est avant tout l'histoire d'une
série d'identifications. D'abord et bien sûr à
l'héroïne éponyme mais aussi, et à travers
elle, à des mythes et à des personnages — le
taureau et le torero, l'oncle déchu, les mar-
tyrs chrétiens — qui jouent tous à leur façon
le rôle de victime sacrificielle, celui que, par
le truchement d'Holopherne, le narrateur a
présenté d'emblée comme le sien.

Le chapitre, dédié initialement aux
femmes blessées ou châtiées, commence par
une longue note sur la tauromachie[2], pro-
mue à son tour modèle de l'œuvre à travers
une série de prédicats qui l'apparentent à la
tragédie mais qui, plus que la tragédie, en
font le lieu par excellence du sacrifice, un
sacrifice réel et non symbolique :« [...] je suis
fervent des courses de taureaux parce que,
plus qu'au théâtre [...], j'ai l'impression

2. Sur la tauroma-chie, cf. *infra*, p. 113.

d'assister à quelque chose de réel : une mise à mort, un *sacrifice*, plus valable que n'importe quel sacrifice proprement religieux, parce que le sacrificateur y est constamment menacé de la mort [...] » (p. 70).

Ajoutées en 1935, ces pages renforcent la teneur sacrificielle introduite par la figure charismatique de l'oncle acrobate[1] qui trouvait « tant [...] de joie [...] à se *sacrifier* — en cela semblable à moi qui ai si longtemps recherché (en même temps que redouté), sous des formes différentes, la souffrance, la faillite, l'expiation, le châtiment » (p. 79-80).

Expiation et châtiment propres aux souvenirs — « Yeux crevés », « Fille châtiée », « Sainte martyrisée » — qui illustrent le thème originel du chapitre, le sentiment « trouble » éprouvé à la vue de l'image de Lucrèce éplorée après le viol : « Au cours de toute la représentation, et particulièrement durant cette scène où une jeune fille devait être punie de mort, je fus en proie à ce trouble que suscite toujours en moi l'antiquité, symbole de ce qui est roideur ou bien fatalité » (p. 82).

« Judith », ou le triomphe de la castration

Après la victime, le sacrificateur. « Héroïne deux et trois fois terrible parce que, d'abord veuve, elle devient ensuite meurtrière, et meurtrière de l'homme avec qui, l'instant d'avant, elle a couché » (p. 88), Judith, véritable antagoniste du drame, fait son entrée sur la scène de l'autobiographie avec les précautions qui lui reviennent.

1. Sur l'identification à l'oncle acrobate, cf. J. Jamin, « Quand le sacré devient gauche », *L'Ire des vents*, n° 3-4, 1981.

Une longue réflexion sur l'« espèce d'irréalité, d'*absurdité* » (p. 87) qui caractérise la mort, les vaines tentatives d'en faire un tant soit peu l'expérience (dans l'accouplement et le « retour momentané au chaos » (*ibid.*) ou d'y échapper « en en disposant librement » (p. 88) dans le suicide) retardent autant qu'il est possible le « moment de parler » de l'héroïne juive, de l'évoquer dans l'exercice de sa menace dont la figure paternelle n'est certes pas indifféremment la première à faire les frais.

Sans entrer dans le conflit œdipien, précisons qu'après avoir évoqué la « gravure d'un goût détestable représentant l'épisode bien connu du " Lion amoureux " » (p. 89), le narrateur enchaîne : « Possédant une voix de ténor agréable, il [le père] chantait des romances de Massenet, et cette sensualité bêbête m'exaspérait. Je n'ai jamais eu l'idée qu'il pût se passer quelque chose de vraiment *érotique* entre ma mère et lui » (*ibid.*).

C'est dans la gloire des rôles interprétés par Tante Lise — Carmen, Salomé, Électre, Dalila, Tosca — que Judith, faucheuse de têtes et de sexes, peut alors apparaître, tour à tour « déesse sanguinaire », « magnifique et tentante créature » (p. 92), « fille implacable et châtreuse » (p. 95), bacchante « échevelée » (p. 96), « tueuse » (p. 97) et « ensorceleuse lascive » (p. 99).

Magnifique et tentante créature, le souvenir de la « très douce mais un peu impressionnante » (p. 100) Tante Lise est associé, à travers la « tête coupée » (*ibid.*) de Narcisse, à celui de la découverte de l'homosexualité, domaine défendu qui contribua, précise le narrateur, à « me faire envisager l'amour comme quelque chose de menaçant et de fatal, où l'on risque de laisser sa vie, d'une manière comparable à celle dont se perdit Holopherne au cours d'un trop élégant souper » (p. 100).

« *La tête d'Holopherne* », *ou le monde comme une menace*

S'il lui a fallu un certain temps à relever la tête, une fois entrée en scène, la victime de Judith n'en finit pas de raconter « toutes les histoires de blessures dont est parsemée [s]on enfance » (p. 120). Cauchemars, lectures, chutes, opérations, menaces, inflammations, points de suture donnent corps à l'image d'un sujet mortifié, terrorisé, agressé jusqu'au plus profond de son intimité sexuelle : « Les premières manifestations conscientes de ma vie érotique sont [...] placées sous le signe du *néfaste* » (p. 106).

Alors qu'il paraît initialement prisonnier de l'image pitoyable dans laquelle il se reflète avec une incontestable complaisance, petit à petit le sujet de l'écriture réussit à ménager la distance qui lui permettra de s'en détacher. À l'énumération compulsive des premiers souvenirs succède une réévocation plus sereine où le rôle de la victime n'est plus l'apanage du héros. Les frères — ennemi et ami —, les voisins, les camarades de classe partagent un sort qui devient moins angoissant. Le narrateur s'autorise des détours — « Les anecdotes que je raconte ici ne représentent pourtant pas pour moi quelque chose de vraiment marquant ou de vraiment exceptionnel [...] » (p. 121), s'égare — « Me voici loin de ce que je me proposais de raconter [...] » (p. 128) — et finit par s'accorder une revanche qui lui permettra — portant désormais sa « cicatrice d'" homme blessé " » — de considérer comme achevées les années d'apprentissage : « Ainsi se déroula — peu après que j'eus appris d'un camarade de classe ce qu'il en était exactement du commerce amoureux — un événement qui ne me défigura pas mais dont j'ai conservé la marque très apparente. Il me valut un certain temps de popularité à mon école et surtout la joie intime d'être celui qui a vu la mort de près, le rescapé qui est sorti par chance d'un grave accident » (p. 134).

De nombreuses années plus tard, « Lazare remonté du tombeau [qui] [...] traite de pair à compagnon avec la mort et la folie », Leiris comparera également la cicatrice inscrite à son cou à la suite de son suicide manqué à une « marque initiatique ». Le suicide sera alors considéré comme « le grand et aventureux moment qui représente, dans le cours de mon existence à peu près sans cahots, le seul risque majeur que j'aurai osé prendre » (*FI*, p. 111 et 292).

D. HOLOPHERNE FACE À SON DESTIN

À ce point, l'intrigue était nouée. Le héros avait découvert dans Lucrèce et Judith les obstacles, réels ou imaginaires, avec lesquels il allait devoir concrètement se mesurer. Qu'il s'y soumît ou qu'il en triomphât, c'est à lui seul qu'il appartenait d'en décider : « [...] j'avais acquis brin par brin la connaissance théorique de l'amour. Travaillé par tous mes fantômes, il ne me restait plus qu'à en gagner durement la connaissance pratique » (p. 135).

« Lucrèce et Judith », ou comment résoudre la dualité

La crise explose avec l'entrée en scène simultanée de Lucrèce et de Judith, telles que Cranach les a peintes en deux tableaux dont la gémellité, tout autant que le contenu cruellement érotique, semble avoir frappé le narrateur. Ainsi que l'a parfaitement démontré Guy Poitry, l'intérêt de ces « nus disposés en pendants » (p. 56) ne réside pas « seulement dans une intensité plus forte de l'effet produit ou dans la plus grande clarté que la comparaison fait naître entre deux gestes apparentés et sanglants : il est dans la dualité en elle-même, en ce qu'elle permet à la fois de réunir les différentes composantes de Leiris, et de distinguer nettement les deux pôles entre lesquels il se sent tiraillé[1] ».

C'est du reste sur les « balancements » entre les deux pôles symboliquement fondus dans la figure de Cléopâtre, dont la vie déréglée et le suicide résument les « deux aspects de l'éternel féminin, ma Lucrèce et ma Judith, avers et revers d'une même médaille » (p. 142), que s'ouvre le chapitre : « Quand je suis dans ce que les rigoristes appellent *bien*, j'aspire au mal [...] ; quand je suis dans ce

1. G. Poitry, *Michel Leiris, op. cit.*, p. 82. Je me réfère au chapitre « Figures de la dualité » et plus particulièrement aux paragraphes VI et VII (p. 81-95).

qu'il est convenu d'appeler *mal*, j'éprouve une nostalgie confuse [...] [pour] ce que le commun des gens entend par *bien* » (p. 137). Non pas pour continuer à en observer passivement la douloureuse oscillation mais pour tenter d'élucider les sentiments — le « jeu de forces contradictoires » (p. 153) — qui, dans la sexualité et plus en général dans l'existence, en contrôlent le double mouvement : « [...] une femme, pour moi, c'est toujours plus ou moins la Méduse ou le Radeau de la Méduse. J'entends par là que, si son regard ne me glace pas le sang, il faut alors que tout se passe comme si l'on y suppléait en s'entre-déchirant » (p. 149).

Parce que l'intrigue, comme de juste, s'est quelque peu compliquée. Contraint d'observer de plus près ses réactions vis-à-vis des deux figures antiques, le narrateur qui jusque-là s'était identifié dans le seul Holopherne a découvert en lui un Sextus Quartin qui s'ignorait et dont l'ambiguïté à l'égard de Lucrèce exige une explication.

Et comme c'est à la tragédie qu'il a emprunté la forme de son histoire, c'est à travers les ressorts émotionnels qui lui sont spécifiques — la terreur et la pitié — qu'il s'efforce de résoudre le nœud qui en bloque le déroulement.

Après les avoir rapidement mentionnées dans la définition canonique du chapitre VI : « [...] en représentant la pitié et la frayeur [la tragédie] réalise une épuration de ce genre d'émotions », c'est dans les chapitres XIII et XIV de la *Poétique* qu'Aristote définit les émotions qui constituent pour lui le tragique : « Il faut

[...] qu'indépendamment du spectacle l'histoire soit ainsi constituée qu'en apprenant les faits qui se produisent on frissonne et on soit pris de pitié devant ce qui se passe : c'est ce qu'on ressentirait en écoutant l'histoire d'Œdipe[1]. »

1. Aristote, *La Poétique*, édition R. Dupont-Roc et J. Lallot, Le Seuil, 1980, p. 53 et 81.

« Et si, rêvant Judith, je ne puis conquérir que Lucrèce, j'en retire une telle sensation de faiblesse que j'en suis mortellement humilié » (p. 152). La question étant de se libérer de cette humiliation, le héros — tel encore une fois que le narrateur s'efforce d'en expliquer le comportement — n'a pas d'autre recours que de martyriser Lucrèce, de la transformer artificiellement en Judith et, à travers la pitié et le remords qu'il ne manque pas alors d'éprouver, d'interpréter de nouveau son rôle favori : « Ainsi, cette exaltation d'un ordre très particulier, liée à ce qui, dans le domaine sexuel, me frappe de terreur, je la retrouve dans une certaine mesure à travers la pitié, de sorte que [...] ces deux pôles redeviennent à peu près identiques. [...] Par un chemin détourné, ce remords savoureux me ramène donc à la terreur, en l'occurrence : crainte superstitieuse d'un châtiment » (p. 152-153). Judith ou/et Lucrèce, Holopherne ou/et Tarquin, terreur ou/et pitié : quels que soient les partenaires, les rôles et les sentiments qu'il choisisse, le héros se retrouve et se reconnaît victime et par là-même héros tragique.

C'est alors que, contraint d'en reconnaître l'inéluctabilité, le narrateur se rebelle pour la première fois contre l'interprétation réductrice de son rôle, qu'il lui attribue la dimension métaphysique qui, libérant le texte d'un freudisme caricatural, transformera la blessure en béance et conduira à la constitution du sujet de la future maturité autobiographique : « Que les explorateurs modernes de l'inconscient parlent d'Œdipe, de castration, de culpabilité, de narcissisme, je ne crois pas que cela avance beaucoup quant à l'essentiel du problème (qui reste selon moi apparenté au problème de la mort, à l'appréhension du néant et relève donc de la métaphysique) » (p. 153).

« Les amours d'Holopherne », ou comment entrer dans l'âge d'homme

Deux femmes : Kay l'initiatrice et celle que le récit prive de prénom — fût-il fictif — pour mieux la réduire à sa fonction d'épouse. L'une et l'autre Judith, « moins [...] par leur attitude à elles-mêmes que par l'attitude écrasée que j'adoptai à leur égard » (p. 144). Kay qui séduisit le héros en se travestissant en mâle, l'épouse avec laquelle celui-ci n'eut pas davantage « l'impression d'avoir *conquis* » (p. 194).

Deux sentiments d'échec qui trouvent leur épilogue et leur explication dans le petit apologue sur lequel s'ouvre le chapitre. Il s'agit encore d'une femme, une Lucrèce et Judith racinienne. Plus précisément, une « absente » dont le destin a voulu qu'elle révélât le narrateur à lui-même, qu'elle le mît au pied du mur, « dans un état de dénuement excluant toute possibilité de me forger des mythes, ou de ces pôles à demi légendaires auxquels — si ardemment qu'on aspire à la sincérité — l'on se réfère toujours, parce que eux seuls permettent de vivre » (p. 156).

« Tangence extrêmement brève » (*MT*, p. 25) qui renvoie à l'esthétique du sacré[1] avant même que celle-ci ait été définie, cette rencontre « toute récente » semble avoir provoqué un bouleversement identique à celui qui, cinq ans plus tôt, avait mis en branle l'écriture : « c'est tout juste si je peux continuer à rédiger cet écrit » (p. 156). Dans le vide creusé à l'improviste par l'absence, dans le désir alimenté par ce vide, le narrateur reconnaît le lien douloureux mais fécond qui, faisant miroiter à l'horizon de ses mots le mirage de l'objet perdu, donnera à son écriture le profil d'une quête mélancolique : « Il n'est pas question, certes, qu'elle soit *objet aimé*, seulement *substance de mélancolie*, image — fortuite peut-être mais cependant appropriée — de tout ce qui me manque, c'est-à-dire de tout ce que je désire et qui me tient de ce besoin urgent de m'exprimer, de formuler en phrases plus ou moins convaincantes le toujours trop peu de ce que je ressens et de le fixer sur un papier [...] » (p. 157).

À l'opposé, Kay et l'épouse, le trop-plein de leur présence, la menace qu'elles firent peser sur l'écriture : « De même que ma liaison avec Kay avait marqué la fin d'une première association amicale, mon mariage [...] a constitué [...] en lui-même une modification assez profonde de ce climat pour qu'aujourd'hui il m'arrive encore d'en souf-

1. Sur le « sacré », cf. *infra*, p. 118.

frir et que, dans mes heures de cafard, j'y songe comme à un paradis perdu » (p. 186).

Paradis des années surréalistes, du mythe du poète *damné* qui, plutôt que de risquer de se retrouver en enfer — « je fus pris soudain d'une crainte aiguë de devenir effectivement fou » (p. 193-194) —, accepta « de se ranger [...] et de rentrer dans la norme » (p. 194-195)[1]. Quitte à devoir reconnaître que, comme le voulait la tradition, « Le festin d'Holopherne » ne l'avait que mieux conduit au terme de son destin : « [...] Hercule auprès du rouet d'Omphale, Samson tondu par Dalila, c'est-à-dire encore moins que la tête d'Holopherne [...] » (p. 195).

« Le Radeau de la Méduse », ou la découverte du vide

Quelques pages suffisent au dénouement pour reconduire le récit au présent de l'écriture, au vide qui rongeait l'autoportrait initial : « [...] tout se passe exactement comme si les constructions fallacieuses sur lesquelles je vivais avaient été sapées à la base sans que rien m'eût été donné qui puisse les remplacer. Il en résulte que j'agis, certes, avec plus de sagacité, mais que le vide dans lequel je me meus en est d'autant plus accusé » (p. 201).

Aucune forme de *deus ex machina* ou de catastrophe n'est venue infléchir au dernier moment le cours de l'action dont les derniers épisodes — la psychanalyse, le voyage en Afrique — fixent le sort du héros enchaîné plus que jamais au dilemme qui le déchire :

1. Sur ce point et l'autobiographie, « cénotaphe de Michel Leiris poète », cf. D. Hollier, « La poésie jusqu'à Z », *Les dépossédés, op. cit.*, p. 23-35.

« le monde, objet réel, qui me domine et me dévore (telle Judith) par la souffrance et par la peur, ou bien le monde, pur phantasme, qui se dissout entre mes mains, que je détruis (telle Lucrèce poignardée) sans jamais parvenir à le posséder » *(ibid.).*

La conscience de la faute, sa confession — tels sont le châtiment et la leçon de l'ouvrage — n'ont pas suffi à la racheter. Elles en ont simplement réduit la dimension tragique aux limites d'une condition dans laquelle Holopherne doit apprendre à vivre son sort en homme et non plus en héros. Un homme qui, ayant oublié les lectures et les spectacles de son enfance, serait en mesure d'appliquer à lui-même « ce que Marx a dit du monde, qu'il s'agit non de connaître mais de transformer » (*J*, 6 janvier 1936, p. 297). En premier lieu en sortant du cercle vicieux où culpabilité et confession l'avaient jusquelà enfermé.

V   LA SCÈNE DE L'AVEU

A. CONFESSION ET LIBÉRATION

Un maniaque de la confession

« Tous mes amis le savent : je suis un spécialiste, un maniaque de la confession ; or, ce qui me pousse — surtout avec les femmes — aux confidences, c'est la timidité [...] »

(p. 157). À la fois « humiliant[e], « exhibitionniste » et « scandaleu[se] » (p. 202), la confession semble avoir depuis toujours été la modalité expressive d'Holopherne, sa seule façon de séduire et peut-être de se faire aimer. D'échapper de toute façon à l'angoisse d'une présence qui l'écrase et d'une distance qui l'exile.

Crise ou échec de la communication, d'une communication où l'objet se tiendrait de plain-pied devant le sujet « comme devant le taureau se tient le *matador* » *(ibid.)*, la confession est « révélatrice du drame intime de l'écrivain [tout autant qu'] elle rend compte de la nature de son entreprise littéraire[1] ».

1. R. Bréchon, « L'âge d'homme » *de Michel Leiris*, Hachette, coll. « Poche critique », 1973, p. 44-45.

« C'est une chose que m'avait dite Genet, lorsque j'ai fait sa connaissance. Il m'avait dit : " J'écris pour qu'on m'aime " — cela m'avait semblé merveilleux de sincérité. Il y a finalement chez l'écrivain, et surtout chez celui qui se met personnellement en jeu, une certaine entreprise de séduction : c'est entendu, on se confesse, on dit des choses qui peuvent vous faire passer pour un personnage pitoyable, mais c'est en faisant le vœu que tout en croyant fermement à la véracité de ce que vous avez dit, les gens s'attachent[2]. »

2. Entretien avec M. Chapsal dans M. Chapsal, *Envoyez la petite musique*, Grasset, 1987, p. 215.

Alors qu'il était en Afrique et que le projet de *L'âge d'homme* n'avait pas encore pris forme, Leiris écrivit à son ami Jouhandeau qu'il ne concevait pas qu'il fût possible « de prendre une autre position que celle de coupable ou de justicier relativement à ceux qu'on aime [...][3] ». L'ouvrage à peine achevé il s'opposa à l'accusation de « pure revendication d'égoïste »

3. BLJD, JHD-C, 2387.

en soutenant que la seule façon de rendre justice à la faute était de plaider coupable : « Je ne parle que de moi, c'est entendu, et des autres qu'en fonction de moi-même, mais c'est justement d'un tel égocentrisme que je souffre et d'une telle attitude que j'ouvre le procès [...] » (*J*, 7 janvier 1936, p. 298). Deux ans plus tard — le manuscrit attendait encore chez Gallimard — il n'en dénonçait pas moins la tricherie de la confession et de la littérature de confession : « [...] quand on se confesse, c'est moins pour dire la vérité que pour jouer au personnage touchant. D'ailleurs on ne dit jamais tout. Façon aussi dont on arrange les choses en employant un certain ton de voix » (*J*, 22 janvier 1938, p. 317).

Instrument thérapeutique et/ou puissance mystificatrice, la confession a sous-tendu et légitimé le procès autobiographique aussi longtemps qu'elle a réussi à en être l'« alibi[1] », à le laver du péché d'intransitivité.

1. M. Beaujour, *Miroirs d'encre*, p. 14.

Confession et catharsis

De la confidence orale au livre, de la honte de la vaine parole d'Holopherne au souci de maîtrise et à la sévérité d'examen de l'autobiographe, la distance bien sûr est grande. Même si — Maurice Blanchot l'a parfaitement souligné — le but de l'écrivain, comme celui de son héros, fut « de donner la parole à ce qui en lui ne parl[ait] pas, de forcer le silence de ce qui v[oulait] se taire[2] ».

Avouer, le narrateur fut prêt d'emblée à le faire. Jusqu'au bout de la vérité, jusqu'au bout de « ces phrases capables d'enflammer

2. M. Blanchot, « Regards d'outre-tombe », in *La part du feu, op. cit.*, p. 251.

le papier » dont, en 1929, il regrettait que fût privé son *Journal*. Non pas cependant « pour se découvrir parlant, parlant sans fin[1] », mais pour « liquider, en les formulant, un certain nombre de choses dont le poids [l]'oppressait » (p. 41).

1. *Ibid.*, p. 252.

Les choses devant être claires pour autrui comme pour lui-même, tel est du reste l'« ultime propos » — la dimension morale — que Leiris attribua à l'ouvrage au moment où, s'apprêtant à le congédier, il savait qu'il s'exposait au risque qui menace tous les faiseurs de confessions, celui qui pouvait le renvoyer à la honte et à l'exhibitionnisme d'un vulgaire narcissisme. Ou, menace encore plus grave, l'enfermer une nouvelle fois dans sa solitude.

C'est alors que pour la première fois il parla de *catharsis* : « recherche d'une plénitude vitale, qui ne saurait s'obtenir avant une *catharsis*, une liquidation dont l'activité littéraire — et particulièrement la littérature dite " de confession " — apparaît l'un des plus commodes instruments » (p. 10).

Catharsis *et liquidation*

De *catharsis*, jusque-là, il n'avait pas été fait mention. Pas même lorsque, dans le chapitre VI, avaient été interrogés les sentiments de pitié et de terreur, dont la tradition classique voulait qu'ils fussent épurés — et non liquidés comme le prétend ici l'écrivain — par leur représentation.

Il apparaît en effet clairement que dans le prière d'insérer de 1939, Leiris n'a pas utilisé la *catharsis* dans l'acception esthétique qui sera la sienne lorsqu'il s'en servira pour prendre à plusieurs reprises les distances par rapport à l'ouvrage à peine achevé : « Pas de *catharsis* au moyen de la confession. [...] Pour que la catharsis s'opère, il ne suffit pas de formuler, il faut que la formulation devienne chant » (*J*, 22 janvier 1938, p. 317 et 8 janvier 1936, p. 299).

Sincèrement convaincu du bien-fondé de son entreprise et plus encore confiant (ou se forçant à l'être) dans ses vertus salvatrices — n'avait-il pas pris toutes les précautions nécessaires, du choix de la forme à la rigueur de la technique ? —, c'est la dimension médicale de la purgation des passions qu'il a alors privilégiée. En toute connaissance de cause, semble-t-il.

Aveu de la faute ou faute de l'aveu ?

Cependant, en insistant sur les formes du contenu — « certaines obsessions d'ordre sentimental ou sexuel [...], certaines déficiences ou lâchetés qui lui f[aisaie]nt le plus honte » (p. 10) — bien plus que sur celles de l'expression, en postulant la possibilité d'en désamorcer le potentiel pathogène à travers leur simple formulation, Leiris était encore bien proche — bien plus qu'il ne le pensait en tout cas — du « sentiment de culpabilité » (p. 202) dont il entendait se libérer et de la thérapie psychanalytique dont il venait de mesurer les limites.

Mais comment aurait-il pu en aller autrement si le noyau germinal de l'œuvre — sa part la plus active — était intimement lié, à travers l'usage contractuel de la première personne pronominale, à l'enquête mise en branle avec le docteur Borel et à tout ce que celle-ci n'avait pas réussi à éliminer : « [...] je me conduis toujours comme une espèce de " maudit " que poursuit éternellement sa punition, qui en souffre mais qui ne souhaite rien tant que pousser à son comble cette malédiction [...] » *(ibid.)* ?

En fait, à peine en eut-il remis le manuscrit à Malraux, Leiris perdit l'assurance (ou ce qui, pendant plus de cinq ans, s'était efforcé de paraître telle) qui lui avait permis de porter à terme son ouvrage.

La confession était-elle, comme il s'efforçait de le proclamer, le simple instrument cathartique qui libérerait celui qui acceptait de « se montrer tel qu'on est, pour ne plus tromper personne » ? N'était-elle pas plutôt animée, au plus profond d'elle-même, d'un désir de « toucher ou de se faire absoudre » qui démentait l'innocence de son apparente gratuité ? Si « se mettre à nu » était un « acte » (*J*, 22 janvier 1936, p. 317), à quoi visait cet acte ? À vivre mieux ou à se faire pardonner à travers l'exemplarité de la faute ?

Ces questions Leiris n'accepta cependant de les poser publiquement qu'une fois l'ouvrage publié, l'essentiel restant et devant rester la mise au jour de ce dont, d'une façon ou d'une autre, il devait se débarrasser s'il voulait trouver une réponse ou ce qui aurait momentanément valeur de réponse.

Des réponses, il y en eut bien sûr plus d'une, échelonnées au fil des époques et des prises de position de l'écrivain. Sous des modalités diverses, elles s'efforcèrent toutes de justifier le prolongement, de plus en plus difficile, de l'acte autobiographique que Leiris réussit cependant à prolonger jusqu'au terme de sa carrière malgré le soupçon qui ne cessa de peser sur lui. La première et la plus illustre est celle qu'apporta la préface « De la littérature considérée comme une tauromachie[1] ».

1. Voir chapitre VI.

B. LA CONFESSION D'UN ENFANT DU SIÈCLE[2]

2. R. Bréchon, « L'âge d'homme », de Michel Leiris, op. cit., p. 11.

Ouvrage d'un « monstrueux égoïsme » dont le héros, « réprouvé comme celui qui, s'étant pris pour centre, brûle dans son cercle vicieux, faute de se reconnaître lié à un centre général » (*J*, 6 janvier 1936, p. 297), *L'âge d'homme* n'en offre pas moins, à travers ses névroses et ses fantasmes, le portrait d'un héros qui appartient à une période historique et à une classe sociale dont il renvoie une image significative. Et cela bien qu'aucune place précise n'y soit assignée à l'espace ni au temps et que l'interdiction du roman en ait éliminé toute la poussière anecdotique.

Quelques traits à peine ébauchés, assez cependant pour en cueillir la fonction dans la formation et l'évolution du héros, ont permis au narrateur de reconstituer le paysage dans lequel le récit a pu se dérouler sans risquer de perdre toute crédibilité narrative.

Les origines : bourgeoises des deux côtés avec un déséquilibre en faveur de la mère dont le père, « haut fonctionnaire de la Troisième République », avait été « disciple d'Auguste Comte et vénérable de la loge " La Rose du Parfait Silence " » (p. 30). L'éducation : catholique et obsédée par « la notion du *fruit défendu* et, plus encore, celle du *péché originel* » (p. 202). Les parents : le père, boursier et mélomane dont l'« aspect physique inélégant » et la « vulgarité bonasse » (p. 89) alimentèrent l'hostilité de l'enfant, alors que le souvenir de la mère tendrement aimée dans sa « longue chemise de nuit blanche [...] natte dans le dos » (p. 65) trouble encore l'adulte. Les frères : d'un côté, l'« ennemi », qui « avait le privilège de voir et même de parler à des femmes nues » (p. 114) ; de l'autre, l'« ami », que rendait si proche « la mélancolie foncière, [la] tendance au mysticisme, [le] sens dramatique de la vie » (p. 121). La sœur : en réalité la cousine, dépositaire du secret familial et objet des premiers fantasmes érotiques (p. 60). La famille : l'oncle acrobate, dont les « préceptes » — « [...] il peut y a voir " plus de poésie dans une chanson à deux sous que dans une tragédie classique " » (p. 79) — n'ont jamais été oubliés, et la Tante Lise, « belle et bonne fille » sous ses apparences de « mangeuse d'hommes » (p. 100). Les amis : compagnons de jeux et des premières recherches sexuelles (p. 59).

Dans ce contexte, ayant pour scène le « quartier bourgeois — provincial presque — où nous habitions » (p. 30), le jeune Leiris reçut l'éducation de tous les enfants de son époque et de sa classe. Comme eux il joua au Bois de Boulogne (p. 39), passa ses vacances dans la proche banlieue (p. 107) ou dans les stations balnéaires (p. 129), voyagea en Suisse, en Belgique, en Hollande et en Angleterre (p. 27), alla au théâtre et à l'Opéra, fréquenta les institutions « très bien-pensante[s] » (p. 81) et les boîtes à bac jusqu'au jour où, comme certains d'entre eux, il se rebella, refusant de jouer ultérieurement le rôle du petit garçon « assez peu turbulent, encore moins batailleur, en général plutôt craintif, maussade, criailleur » (p. 120) qu'on avait réussi à faire de lui.

L'horizon

Modelé par ce milieu dont il reconnaîtra toujours avoir hérité une certaine forme de snobisme (p. 185) et une forte dose de mauvaise conscience (ne lui avait-on pas appris, tout jeune, à éprouver de la « pitié [...] à l'égard des " petits pauvres " » (p. 40) ?), Leiris s'y rebella au moment où commencèrent les Années folles, « période de grande licence » (p. 161) qui coïncide avec l'ouverture du héros et du texte au monde extérieur. Sans pour autant qu'Holopherne ait à l'improviste abandonné son rôle[1] ou le narrateur modifié son point de vue.

Ils semblent plutôt, le second en écho au premier, s'être laissés aller à une forme de

1. Voir le cauchemar, « symbole de la mort par décapitation » (p. 193).

bonheur que la pudeur et la nostalgie de l'écrivain ont su voiler d'ironie. Pas un instant en effet il n'est oublié que si festin il y eut, cruelles en furent les conséquences.

Rédigée au moment où la confession érotique changea de statut et se fit « vue panoramique » (p. 41), la dernière partie de l'ouvrage, ou, plus précisément, la fin du chapitre VI et le chapitre VII, accueillit avec une générosité qui jusque-là lui avait fait défaut tous ceux et toutes celles qui vécurent avec le narrateur ces années où le vieux continent crut qu'il pourrait renaître de ses cendres et les jeunes littérateurs — futurs Icare et Phaéton (p. 191) — qu'ils pourraient avec leurs mots refaire le monde.

Du trio composé avec la Chouette et l'Homme-à-la-tête-d'épingle aux compagnons de la rue Blomet, c'est alors qu'Holopherne découvrit l'antidote à ses affres amoureuses et existentielles : l'« extraordinaire climat de communauté morale », l'« alliance intime à quelques-uns, en parfaite communauté de vues, de vie et de travail » (p. 186), qu'il ne cessa de rechercher, lui qui, de Masson à Bataille, de Giacometti à Limbour, de Picasso à Sartre, de Bacon à Césaire, fut l'ami des plus grands créateurs de son époque.

Même si, dans le respect de ce qui lui semblait alors une règle inviolable, Leiris ne fournit le nom d'aucun des personnages de l'ouvrage, le lecteur ne devrait avoir aucune difficulté à trouver dans André Masson la figure charismatique entre toutes du « père spirituel » (p. 203), dans Max Jacob le poète admiré « au moins autant qu'Apollinaire » (p. 187). Il lui sera peut-être plus difficile de mettre le nom de Georges Limbour sur le compagnon rejoint au Caire (p. 124-126) ou celui de Jouhandeau sur l'« ami pédéraste » (p. 146).

Mais, encore une fois, de ces pages où l'on trouvera l'une des plus suggestives descriptions du surréalisme naissant et sans aucun doute la plus belle évocation de ce que représenta la découverte du jazz (p. 162), ce n'est pas une fresque héroïque qui se détache. Simplement quelques fragments certes plus proches au regard du souvenir mais aussi fragiles et douloureux que ceux dont ils ne réussirent pas à combler les lacunes.

C. LES MATÉRIAUX DE LA CONFESSION

De l'origine surréaliste d'une esthétique réaliste

Ensemble de faits et d'images — « Souvenirs d'enfance, récits d'événements réels, rêves et impressions effectivement éprouvés » — collectés suivant le principe de la trouvaille ou du hasard objectif, au mépris du préjugé de la rareté et de la pureté du style[1] mais dans le respect du procédé de la libre association, les matériaux de L'âge d'homme forment un ensemble hétérogène où ne se trouve cependant rien « qui ne soit d'une véracité rigoureuse *ou*★ n'ait valeur de document » (p. 16). L'alternative introduite par la conjonction de coordination n'infirmant pas mais au contraire accentuant le caractère rédhibitoire

1. Cf. *Instructions sommaires pour les collecteurs d'objets ethnographiques, op. cit.*, p. 8.

de l'exigence de vérité sur laquelle repose une esthétique réaliste revue et corrigée à la lumière des trois grandes expériences du surréalisme, de la psychanalyse et de l'ethnologie ou, plus précisément, du surréalisme tel qu'au tournant des années trente la psychanalyse et l'ethnologie en avaient redéfini la vocation.

Car Leiris se voulut « réaliste » comme il avait proclamé que Picasso l'était, en poussant le réel jusque dans ses ultimes retranchements.

C'est à partir de l'œuvre de Picasso, de ce qu'à ses yeux elle exprimait de vérité, de liberté et d'humanité que Leiris utilisa pour la première fois l'adjectif « réaliste », en polémique évidente avec ce que le surréalisme n'était alors plus pour lui : « Pour Picasso, il s'agit beaucoup moins, me semble-t-il, de refaire la réalité dans le seul but de la *refaire* que dans celui, incomparablement plus important, d'en exprimer toutes les possibilités, toutes les ramifications imaginables, de manière à la serrer d'un peu plus près, à vraiment la toucher. Au lieu d'être un rapport vague, un panorama lointain de phénomènes, le réel est alors éclairé par tous ses pores, on le pénètre, il devient alors pour la première fois et *réellement* une RÉALITÉ[1]. »

---

1. « Toiles récentes de Picasso » (1930), in *Un génie sans piédestal*, p. 26-27 et 28. Cf. C. Maubon, « Regarder », in *Michel Leiris, op. cit.*, p. 171-173.

Ce qui signifiait repartir d'où le surréalisme l'avait conduit, parcourir ce qui rétrospectivement en constituait les « grandes lignes de force » : une forme de « réceptivité à l'égard de ce qui nous est donné sans que nous l'ayons cherché » et de sensibilité à la valeur poétique et révélatrice des rêves, une « large créance accordée à la psychologie freudienne » et à son « matériel séduisant d'images », un refus systématique de tout « compromis fallacieux entre les faits réels et les produits purs de l'imagination ». Ou encore, le courage de « mettre les pieds dans le plat » (p. 16).

De même que le narrateur reconnut inscrites sur son visage les traces de son passé, au moment où il affirmait, lui aussi, la nécessité d'une rupture, l'écrivain revendiqua l'héritage qu'il entendait dépasser et non renier en « adoptant un parti pris de réalisme — non pas feint comme dans l'ordinaire des romans, mais positif (puisqu'il s'agissait exclusivement de choses vécues et présentées sans le moindre travestissement) [...] (p. 16-17).

Et ce n'est pas le moindre défi de *L'âge d'homme* que d'avoir voulu élargir la scène de l'écriture en y faisant converger dans un même projet de connaissance de soi les expériences qui l'avaient précédé. Quitte à les réduire à ce qui devait apparaître comme leur origine fondatrice.

Alors qu'il n'y fait ici aucune référence explicite, à d'autres occasions Leiris n'eut aucune difficulté à reconnaître qu'il lui paraissait « indéniable que son expérience de l'observation ethnographique l'a[vait] aidé dans ses tentatives de description de soi-même : n'est-ce pas, outre l'influence d'une cure psychanalytique, l'habitude de prendre en face des phénomènes humains une position d'observateur qui lui a permis de se faire le témoin, extérieur en quelque sorte, de ce qui se déroulait en lui[1] ? ».

1. « Titres et travaux » (1967), *Gradiva*, n° 9, 1991, p. 6.

« Je n'ai dessein de relater, en marge du récit que je vais entreprendre, que les épisodes les plus marquants de ma vie *telle que je peux la concevoir hors de son plan organique*[1]. » Il ne s'agit pas là d'un incipit de *L'âge d'homme* mais d'une déclaration d'intention de Breton dans les premières pages de *Nadja*, le seul ouvrage dont Leiris reconnut qu'il lui avait ouvert « une voie » (p. 15). Breton qui, pour raconter son aventure avec Nadja, avait compris qu'il ne pouvait pas se tenir au ras de l'événementiel, que s'il voulait en déchiffrer l'énigme, le sujet devait « être pris de haut ». Leiris estimant à son tour que « la perspective est tout » (p. 26), les vestiges du vécu n'ayant de valeur qu'en tant que « documents ». Et par documents il n'entendait certes pas les pièces brutes et univoques d'un dossier mais, reprenant le sens actif et contagieux que la revue de Georges Bataille[2] avait su donner à son éponyme, les éléments élaborés et situés d'une stratégie narrative dont les subtils jeux d'échos et de correspondances devaient dévoiler les implications profondes, tisser le réseau dans le filigrane duquel il savait, pour l'y avoir inscrit, que se trouvait — « vrai sceau de Salomon » (p. 41) — le signe/chiffre de l'existence.

Document — là était l'enjeu du travail de l'écriture — devenait alors synonyme de polysémie, réalité députée à devenir symbole, promesse de dévoilement des secrets dont les matériaux — à condition d'en faire le bon usage — pouvaient être le réceptacle.

1. A. Breton, *Œuvres*, Gallimard, Bibliothèque de la Pléiade, I, 1988, p. 651.

2. Voir *supra*, p. 27-29.

« Aliments » (p. 191) pour l'imagination, gravures et illustrations, images d'Épinal, figures de langage, personnages théâtraux et mythologiques constituent (telles « les photos de monuments, bustes, mosaïques et bas-reliefs ornant le livre d'histoire ancienne qui était mon préféré [...] quand je faisais ma sixième », p. 56) l'essentiel des matériaux gravés dans la mémoire dont le présent de l'écriture s'efforce de dégager le sens tout en en préservant la teneur poétique.

Dans *Fourbis* (p. 21), Leiris rattachera encore à son goût de l'image d'Épinal et à son « côté esthète » la « tendance naturelle » de sa mémoire à retenir ce qui peut « servir de base à une mythologie ».

Ainsi l'étrange inquiétude suscitée au début du récit par « le mot *courtisane*, que je prenais dans le sens de féminin de " courtisan " bien que je sentisse qu'il y avait là quelque chose de spécial et, pour moi, d'assez mystérieux » (p. 57), n'est-elle dévoilée que beaucoup plus tard. Au moment où la réalité imprécise qui stimulait la curiosité de l'enfant est insérée — entre l'évocation du « concept de la *fée* » (p. 138) et celle de Cléopâtre « préférant la mort à la servitude » (p. 141) — dans la chaîne symbolique qui conduit à la définition de « la femme telle qu'à la fois je la souhaitais et redoutais, enchanteresse capable de toutes les douceurs mais recelant aussi tous les dangers » (p. 138), derrière laquelle se profilent les figures de Lucrèce et Judith.

Dans ce cas particulièrement heureux (Leiris ne manque pas du reste de se référer aux expériences oraculaires de *Glossaire, j'y serre mes gloses*), la gratification liée au déchiffrement est renforcée par le rapport de

motivation introduit entre les deux faces du signe linguistique : « [...] courtisane (mot qui débute avec
" courtine " pour finir avec " pertuisane ", ce qui — à
l'époque encore récente où j'attachais une valeur
d'oracle à ce genre de mots — m'aurait paru un argu-
ment inébranlable à l'appui de ce que j'avance) ».
(*ibid*).

D. DÉRIVES ET CONTRAINTES

La confrontation analogique

Alors qu'il en avait achevé la rédaction et
qu'il ne s'agissait plus pour lui que d'opérer
les ultimes retouches qui lui donneraient son
aspect définitif, Leiris rattacha à son « amour
ancien pour les " allégories " » (p. 55) et
pour tout ce qui incitait au déchiffrement, ce
qu'il reconnaissait, et tenait à ce que l'on
reconnût, être le procédé de composition de
L'âge d'homme : l'application de « l'habitude
[...] de penser par formules, analogies,
images » (p. 55) par le truchement de
laquelle avaient été « confrontés » (p. 16) les
matériaux et assurée la logique poétique du
texte. « Technique mentale » dont quelques
pages plus haut il avait indiqué la lointaine
origine dans l'une de ces réévocations apparemment dénuées d'intérêt objectif mais qui
en réalité fonctionnent comme autant de
mises en abyme dans lesquelles le narrateur
et le récit trouvent la cohérence qui sans cela
leur ferait défaut.

Il s'agit de l'épisode extrêmement signifi-
catif qui de façon « inopinée » et « mysté-

rieuse » devint le théâtre de la « première érection » du héros[1]. Encore immergé dans le « chaos » de la première jeunesse, l'enfant apparaît incapable d'opérer entre les différents éléments de la scène dont il est le protagoniste la mise en ordre qui permettra à l'adulte de « trouver le mot de l'énigme ». Cependant, s'il ne sait pas encore l'interpréter, le jeune Leiris n'en note pas moins la « coïncidence » entre, d'une part, le spectacle des petits pauvres grimpant pieds nus aux arbres et de l'autre, la « modification qui affectait [s]on sexe ».

Instant inaugural de la rencontre du sujet et de l'objet, l'épisode marque aussi un autre moment fondamental de l'initiation de l'enfant : la capacité que le narrateur lui attribue d'avoir alors établi pour la première fois — et sous le signe de l'érotisme — « un parallélisme entre deux séries de faits » (p. 40), étape préliminaire du besoin diffus de « confronter, grouper, unir entre eux des éléments distincts » dans l'espoir de « provoquer une manière de déflagration » (*B*, p. 277) placé plus tard à l'origine de la vocation autobiographique.

En 1929, dans l'article « Métaphore » rédigé pour le « Dictionnaire critique » de *Documents*, Leiris avait déjà écrit : « Non seulement le langage, mais toute la vie intellectuelle repose sur un jeu de transpositions, de symboles, qu'on peut qualifier de métaphorique. D'autre part, la connaissance procède toujours par comparaison, de sorte que tous les objets connus sont liés les uns aux autres par des rapports d'interdépendance. Il n'est pas possible de déterminer, pour deux quelconques d'entre eux, lequel est désigné par le nom qui lui est propre et n'est pas métaphore de l'autre, et vice versa [...] » (*BR*, p. 29). On peut lire de même dans *Fourbis* : « J'ai longtemps pris un vif plaisir à déchiffrer les énigmes [...] » (*FO*, p. 101).

Prenons comme exemple, à la fin du chapitre v, le paragraphe « Mon frère ami ». Lié, comme l'ensemble du chapitre, au « thème de " l'homme blessé " », l'épisode central n'est raconté (p. 128-131) que cinq pages après avoir été annoncé. Il est alors présenté comme « souvenir du Havre » (p. 128), la ville portuaire à laquelle se rattachent les épisodes et réflexions qui en ont retardé la narration.

Éléments apparemment gratuits de diversion anecdotique, ces souvenirs dépassent très vite leur fonction initiale. Ce qu'ils documentent, ce n'est pas tant une prédilection pour « Le Havre, les villes maritimes et par-dessus tout les ports fluviaux, telle Nantes » (p. 123) que des instants de révélation dans le miroir desquels le narrateur a pu symboliquement voir son existence se refléter, qu'il s'agisse de la « minute d'une plénitude déchirante » (p. 126) du premier départ ou de l'épisode du minéralogiste et de la bouée sonore où, dit-il, « je me retrouvai face à face avec moi-même, aussi intensément que cela m'était arrivé lors de mon départ de Marseille » (p. 127). Remarquons avec Guy Poitry qu'à Sainte-Adresse, comme lors du premier départ, Leiris « goûte la plénitude de contempler distinctement ce qui se dérobe en temps ordinaire, en même temps qu'il fait l'expérience du déchirement, découvrant le fossé (la blessure) qui le sépare des choses et de lui-même[1] ».

1. G. Poitry, *Michel Leiris, op. cit.*, p. 111.

Blessure symbolique qui, alors qu'il croyait s'être égaré, le reconduit non seulement au plan qu'il avait tracé à l'intérieur du chapitre mais aussi à la conscience de la déchirure tragique éprouvée devant les figures de Lucrèce et Judith, objet du chapitre suivant et fil conducteur de l'ensemble du livre dont il lui faut bien, à ce point du récit, reconnaître qu'il en est l'unique ornement comme l'« unique ruban rouge » qui pare le cou de Marguerite (p. 43) : « On peut objecter à ma manière de présenter les choses un certain arbitraire dans le choix des faits que je rapporte. [...]

« En admettant qu'il y entre de l'arbitraire, je ne vois pas ce que peut déceler la partialité d'un tel choix sinon, précisément, cette prédilection marquant la valeur exceptionnellement troublante qu'ont pour moi les histoires sanguinaires [...] » (p. 134).

Le moment est certes encore loin où l'écrivain reconnaîtra pour ce qu'elle est la trame inconsciente qui court au-dessous de son œuvre (*FO*, p. 128). S'il est ici en mesure de la percevoir, il n'est en aucune façon disposé à lui accorder le rôle actif mais déstructurant qui lui revient dans l'édification du texte. Attaché à ce qui reste sa préoccupation principale — assurer la cohésion de l'ouvrage à travers la mise en équivalence d'éléments simplement juxtaposés —, mais contraint de reconnaître la part de plus en plus grande que s'y taille ce que, pour mieux s'en défendre, il appelle l'« arbitraire », il accepte un seul compromis : admettre sur le mode hypothétique qu'il s'est peut-être trompé, que le classement qu'il avait opéré pourrait n'être « en fin de compte qu'une sorte de guide-âne abstrait, voire un simple procédé de composition esthétique » (p. 128).

Une fois payé son dû à la dérive du texte, aux percées qui y ont introduit le jeu dans lequel il refuse de s'aventurer ultérieurement, il s'efforce de reprendre la situation en main, quitte à étouffer ce qui, dans l'œuvre successive, sera vécu sous le mode heureux d'une promesse de libération.

Une sorte de photomontage

Même si cette maîtrise maintenue est probablement son défaut majeur[1], *L'âge d'homme* a pu devenir le chef-d'œuvre qu'il continue à être grâce à l'obstination qui a permis à Leiris de poursuivre sans défaillance, dans un ouvrage qu'il voulut méthodique, le projet de saisir dans ses strates et ses replis intimes l'image de lui-même dont il entendait ainsi se débarrasser.

Car il s'agit bien d'une méthode — arriver tautologiquement au tout pressenti dans chacune des parties —, dont le prière d'insérer de 1935 fournit une illustration extrêmement précise. De ce texte d'où ressort un net désir d'harmonie et de synthèse, il apparaît clairement que c'est à la cohérence d'une mise en ordre « psychologique et esthétique » que s'applique la technique du photomontage qui, des plus petites aux plus grandes

1. J.-B. Pontalis, « Derniers, premiers mots », in *Perdre de vue*, Gallimard, coll. « Connaissance de l'inconscient », 1988, p. 268.

unités, a présidé à la mise en forme des matériaux : « D'une part, c'est grâce à un tel classement, à de tels séparations et rapprochements, que les éléments prennent leur sens et que les attitudes en jeu deviennent claires pour moi. D'autre part, cette répartition de la masse des éléments en plusieurs thèmes joue le même rôle que la composition dans un poème en plusieurs parties ou un roman »[1].

Dans le respect du procédé à partir duquel furent rédigées les fiches[2] à l'origine du texte, les chapitres semblent en effet construits et enchaînés comme les articles d'un catalogue ou d'une encyclopédie dont les thèmes et les variations seraient déclinés par simple association d'idées ou d'images. Cependant, et tout aussi clairement, il apparaît que le narrateur s'est efforcé d'appliquer à la matière vive de la narration — celle dont il dira en 1945 qu'il n'en était pas plus maître que le torero ne l'est de « la bête qui débouche du toril » (p. 21) — une forme qui devait en dominer la part de hasard, en dégager le potentiel heuristique à travers un attentif travail de liaison.

Ainsi, dans « Antiquités », le thème de la masturbation introduit par ce qui rend le tableau de Cranach « le type même de la peinture à se " pâmer " devant » (p. 56) : son caractère antique et cruel. Des « Femmes antiques » aux « Femmes de preux », et après être passé par « Sacrifices », on peut arriver jusqu'au « Génie du foyer » et à l'image de la mère (« matrone antique » devant laquelle le narrateur se rappelle s'être « hypocritement débauché, en observant sa poitrine décou-

1. Projet de prière d'insérer, *op. cit.*

2. Voir Dossier, p. 168.

verte », p. 65) et s'apercevoir alors, et alors seulement, qu'on y a été conduit à travers le « plaisir solitaire » de l'enfant (p. 57), le geste de la belle Aude aux bras blancs, « la main droite comme sur une virilité dressée » (p. 58), la « libation d'un certain ordre aux ruines du temple de Zeus » (p. 58-59) et le culte adolescent en l'honneur de la « trinité païenne » (p. 59). S'apercevoir également que « Lupanars et musées » n'est en rien une digression puisque joute des sexes, masturbation ou prostitution, l'érotisme est, dès ce premier chapitre, placé sous le signe du sacrifice rituel dont Lucrèce et Judith seront les grandes officiantes.

Mais ce qui devait jouer comme « canon de composition » (p. 21) pèse parfois lourdement sur le récit, aux prises avec les scrupules de l'autobiographie et, au fur et à mesure que le texte prenait de l'ampleur, un souci de plus en plus contraignant de mise en ordre rationnelle.

La mise en ordre textuelle

Un titre, un exergue, des sous-titres : chacun des huit chapitres de *L'âge d'homme* est rédigé à l'intérieur d'une grille interprétative qui devait, dans l'esprit du narrateur, lui permettre de « condenser, à l'état presque brut » (p. 15), les matériaux collectés, d'éviter les risques de dispersion et de déformation inhérents au travail de mise en forme.

Leiris réduira l'usage — considéré comme de plus en plus contraignant — des titres et des sous-titres, jusqu'à les supprimer totalement dans le dernier volume de *La règle du jeu*. Plus significative est l'utilisation, unique ici, des exergues empruntés au *Nouveau Larousse illustré* (chap. III, IV, VIII), au *Faust* de Goethe dans la traduction de Nerval (chap. I) et à Cazotte cité, toujours par Nerval, dans *Les Illuminés* (chap. V), au journal intime (chap. VII) ou à des récits de rêve (chap. II, VI).

Assumant de par leur position intermédiaire entre les titres et le texte la double fonction de signifié et de signifiant, les exergues renforcent la teneur allégorique de l'ouvrage dont ils offrent autant de mises en abyme offertes à l'interprétation du lecteur.

Dans un souci de transparence qui ne peut manquer d'évoquer la « maison de verre » dont Breton avait proclamé les portes battantes, l'écrivain devait initialement disparaître derrière les faits. Les laisser se dérouler comme les « dizaines (avec un grain plus gros séparant les dizaines et une croix au bout) » du rosaire dont, enfant, il avait fait l'image abrégée du monde « susceptible d'être tenu dans la main » (p. 41).

Mais au fur et à mesure que la « petite constellation » originaire se développait et que venaient s'y rattacher de nouveaux éléments, force lui fut de reconnaître que les faits ne parlaient qu'à travers celui qui les prélevait dans la masse incohérente où ils étaient privés de sens : « Une telle façon de procéder est peut-être hasardeuse, car qui me dit que je ne donne pas à ces souvenirs un sens qu'ils n'ont pas eu [...] » (p. 51). Scène ou arène, quelle que fût l'aire symbolique où il entendait représenter son histoire, titres et sous-titres ne pouvaient seuls en enchaîner le déroulement : « À mesure que j'écris, le plan que je m'étais tracé m'échappe et l'on dirait que plus je regarde en moi-même plus tout ce que je vois devient confus [...] » (p. 128). Bref, il se sentait à l'étroit dans le cadre rudimentaire[1] à l'intérieur duquel il avait pu exposer d'un seul tenant et sans le moindre doute la confession érotique.

La question fut alors d'opérer les réajustements qui, sans sortir de ce cadre, lui permettraient de le plier à ses nouvelles exigences. Un compromis dont les traces ébranlent parfois le fragile équilibre du texte. Ainsi les réflexions sur la corrida et l'irréalité de la mort ajoutées en tête des chapitres III et IV rendent caduques les chevilles grossières mais efficaces qui originellement introduisaient « Lucrèce » (« Ces souvenirs livresques ont sûrement concouru à la production du trouble que je ressentis en découvrant l'image de ces deux héroïnes, l'une romaine, l'autre biblique : Lucrèce et Judith », p. 68) et « Judith » (« Si vifs que soient ces divers souvenirs, caractérisés par la présence en chacun d'eux d'une Lucrèce, c'est-à-dire d'une femme blessée ou châtiée, ils pâlissent à côté de ceux qui se rapportent à des femmes dangereuses, c'est-à-dire à des Judith », p. 85).

Mais ce sont là des exceptions. Ailleurs, le narrateur se montre plus attentif et, s'il lui arrive, comme dans le cas du *Vaisseau fantôme*, de reprendre un souvenir déjà évoqué (p. 97-98), il s'efforce non seulement de le préciser mais, évitant les redites, de spécifier qu'il l'envisage dans une perspective différente : « Je reviendrai, à propos du *Vaisseau*

1. En fin de rédaction, dans les pages liminaires où il illustre rétrospectivement l'ensemble de sa démarche, le narrateur abandonne la notion de « cadre » pour celle de « fragments du cadre » (p. 42), plus proche de la réalité de son expérience.

111

fantôme, sur l'impression que m'avait faite le
" Hollandais volant " [...]. Tout ce que je
dirai pour le moment [...] » (p. 48).

Exergues des nouveaux chapitres placés
sous la responsabilité directe du sujet de
l'écriture, de ses rêves (p. 53-54 et 136-137)
comme de son journal intime (p. 155-156),
ou réflexions de plus en plus nombreuses qui
étayent l'enchaînement parfois brutal des
souvenirs : le narrateur apparaît de plus en
plus présent et soucieux de l'être aux yeux du
lecteur invité à participer, ne fût-ce que mar-
ginalement, à l'édification du texte autobiographique : « Tout cela doit être lié [...] »
(p. 63), « On peut objecter [...] » (p. 134),
« Je suis incapable ici de [...] » (p. 153), « Les
histoires de débauches [...] dont est émaillée
une partie de ce récit [...] » (p. 197).

On remarquera ainsi que les nouveaux
chapitres (I, V, VII, VIII) s'achèvent sur une
pause réflexive qui récapitule et anticipe tout
à la fois le déroulement du récit dans un
souci de progression dramatique qui ne se
manifesta qu'au moment où l'écrivain prit
conscience qu'il construisait un ouvrage
dans le reflet duquel il entendait qu'on le
reconnût tout entier. Mais également qu'à
l'exception de « Tragiques » plus contenu
dans sa dimension théorique, ils sont plus
longs que ceux de la version originale
(chap. II, III, IV, VI) et portent déjà les traces
du métadiscours dans lequel *La règle du jeu*
finira par s'abîmer.

Deux réflexions s'imposent dès lors.
Contrairement aux chapitres de 1930 dont la
rédaction ne déborde jamais les réseaux asso-

ciatifs établis par les fiches à partir desquelles ils furent rédigés, ceux de 1934-1935 se développent plus librement, avec parfois le risque de s'égarer : « Me voici loin de ce que je me proposais de raconter en abordant l'avant-dernière partie d'un chapitre consacré à ce qui, parmi les événements de ma vie, se rattache au thème de l'" homme blessé " » (p. 128). En outre, privés de l'impact révélateur du tableau de Cranach, ils furent plus facilement contaminés par les scrupules de l'autobiographe, de plus en plus conscient du risque de fabrication qui pèse sur son désir de reconstituer au présent ce qui peut-être n'a jamais existé dans le passé : « Je me heurte ici à l'écueil auquel se heurtent fatalement les faiseurs de confessions et de mémoires, et cela constitue un danger dont, si je veux être objectif, je dois tenir compte » (p. 51).

VI L'ESPACE TAUROMACHIQUE

A. LES CONSTRUCTEURS DE MIROIR

Un dimanche d'août 1926, dans le sud de la France, Leiris assiste à sa première corrida — en réalité une « horrible tuerie ». Et pourtant, écrira-t-il par la suite, « loin d'en être écœuré, je me sentis impatient d'en voir une

1. *Grande fuite de neige*, Fata Morgana, 1992, p. 9-10.

2. Voir *infra*, p. 118.

où la bête serait, non plus bafouée, mais située à son juste niveau de sacrifice ou de tragédie[1] ». L'histoire d'une *afición* avait commencé. Elle durera jusqu'au début des années cinquante. Entre-temps, et plus précisément dans le climat effervescent de la fin des années trente et de la Seconde Guerre mondiale, Leiris aura fait de la tauromachie le pivot de cette esthétique du gauchissement[2] qui, pour en être la part secrète, n'en constitue pas moins le noyau actif de l'ensemble de son œuvre.

La figure du « *matador* : un Damoclès qui a pris son destin par les cornes, son épée en pleine main » (*MT*, p. 13) semble avoir stimulé dès l'origine l'écriture leirisienne. Le premier recueil poétique *Failles* (1924-1934) s'ouvre déjà sur l'identification de la parole poétique au geste foudroyant du torero : « Mais / ô ma foudre / ô mon éclair réel / quand tu t'abats sur les montagnes et les touches aux naseaux / taureaux obscurs dont les flancs grondent / comme les futailles qu'on roule au fond des caves / parodies de cercueil et simulacre de tombeaux / viendras-tu tuer ce vieux bétail humain / toi qui sais jouer franc comme l'or / de ta lame scintillante / de ta cape de nuages / de tes jarrets brisés / comme un beau matador ? » (*HM*, p. 19-20). C'est de même le rôle d'un puissant embrayeur d'imaginaire que joue la corrida dans *Grande fuite de neige*, « transposition fabuleuse » de la *novillada* de Fréjus.

1. DE L'OPÉRA À LA CORRIDA, « OPÉRA FUNÈBRE[1] »

1. *Abanico para los toros*, in *HM* p. 159.

Les corridas de Vitoria et Valence

Il nous faut retourner en 1935. Leiris est en pleine rédaction de *L'âge d'homme*. Au cours du mois d'août, il part en Espagne. À Vitoria d'abord et à Valence ensuite, il assiste à deux corridas « en tout point admirables » (p. 75). Jusque-là — c'est le narrateur de *L'âge d'homme* qui le dit en faisant le compte rendu précis de son calendrier taurin (p. 74-75) — il n'avait pas été particulièrement heureux. Une révélation dès lors ? En aucune façon. S'il reconnaît que ces deux dernières courses l'ont enthousiasmé, Leiris tient à préciser qu'elles ne lui ont « rien révélé qui modifiât notablement [s]on point de vue [...]. L'essentiel [n'étant] pas le spectacle mais l'élément sacrificiel, gestes stricts accomplis à deux doigts de la mort et pour donner la mort » (p. 75). Ce n'en est pas moins à son retour à Paris — il note alors dans son *Journal* : « Série de rêves dans lesquels la tauromachie joue un rôle. Aspirations à la virilité d'un matador » (*J*, 29 septembre 1935, p. 290) — qu'il rédige les premières réflexions qui feront de la tauromachie le modèle et la métaphore non seulement de l'autobiographie mais de toute forme de création.

L'on ne peut en effet manquer de faire remonter la mise en jeu symbolique de la tauromachie à cet été 1935 au terme duquel Leiris revoit une dernière fois la rédaction de

L'âge d'homme : « [...] je suis fervent des courses de taureaux parce que, plus qu'au théâtre [...] j'ai l'impression d'assister à quelque chose de réel : une mise à mort, un *sacrifice*, plus valable que n'importe quel sacrifice religieux, parce que le sacrificateur y est constamment menacé de la mort [...] » (p. 70). C'est alors qu'en opposition explicite aux résidus d'une représentation enfantine de la vie calquée sur l'opéra, l'arène devint le terrain de vérité sur lequel l'autobiographe entendait modeler son entreprise.

La tauromachie à l'œuvre

L'histoire du texte ne laisse du reste aucun doute à cet égard : de tous les matériaux de *Lucrèce, Judith et Holopherne*, seuls ceux qui concernent la tauromachie ont subi une transformation dans leur passage à *L'âge d'homme*.

En 1930, par association avec le personnage de Carmen, Leiris insère, dans la fiche « Judith »[1], un « bref historique » de la corrida d'un double point de vue « religieux » et « psychologique ». « Allures d'une cérémonie religieuse », « apparence de sacrifice rituel », « ambivalence de sentiments », caractère « érotique », identification au taureau à l'instant de la mise à mort ou au matador qui risque de se faire tuer : les prédicats tauromachiques sont déjà rassemblés mais ils ne donnent lieu pour l'instant à aucune forme de réflexion. Au cours de la rédaction, ils sont simplement renvoyés en note au personnage de Carmen (*LJH*, note 3, f. 22).

1. LRS MS 19 (11).

De façon encore plus significative, ils ne sont pas repris dans la rédaction de *L'âge d'homme*, en mars 1935. Probablement parce que le spectacle tauromachique, sa part de « vérité », risquait d'introduire un élément de déséquilibre alors même que Leiris venait de faire du théâtre et de ses médiations symboliques la clef de voûte du texte. Ce n'est qu'au retour d'Espagne où il a pu voir le travail « tauromachique » de son ami Masson que Leiris décide de renforcer la dimension sacrificielle du texte en y insérant les premiers éléments de son esthétique du gauchissement. Il reprend le « bref historique » de 1930, le déplace et le développe amplement (p. 69-75) dans les premières pages du chapitre « Lucrèce » consacré aux « femmes blessées » (p. 76) et à l'oncle acrobate qui trouvait tant « de joie [...] à *se sacrifier* » (p. 79). Affrontement rituel de la réalité de la mort et mise en scène du corps menacé, la tauromachie est intégrée au procès cathartique de la tragédie dont elle représente désormais le temps fort : « L'ensemble de la *corrida* se présente tout d'abord comme une sorte de drame mythique dont le sujet est le suivant : la Bête domptée, puis tuée par le Héros. Les moments où passe le divin — où le sentiment d'une catastrophe perpétuellement frisée et rattrapée engendre un vertige au sein duquel horreur et plaisir coïncident — sont ceux où le *torero* en vient à jouer avec la mort, à n'y échapper que par miracle, à la charmer ; par là il devient le Héros, en qui s'incarne toute la foule [...] » (p. 70-71).

On ne peut manquer de citer ici l'enseignement de Marcel Mauss et l'*Essai sur la nature et la fonction du sacrifice* auxquels Leiris se réfère explicitement. D'une part la corrida est décrite dans ses aspects psychologiques, sociologiques, esthétiques et religieux comme *un fait social total*. De l'autre elle est revêtue d'une « apparence sacrificielle qui [...] lui confère une valeur passionnelle, dans la mesure où le trouble qu'engendre la présence du sacré participe de l'émotion sexuelle » (p. 70). Rappelons que pour Hubert et Mauss, sous la diversité des formes qu'il peut revêtir, le sacrifice est toujours fait d'un même procédé qui « consiste à établir une communication entre le monde sacré et le monde profane par l'intermédiaire d'une victime, c'est-à-dire d'une chose détruite au cours de la cérémonie[1] ».

1. H. Hubert et M. Mauss, « Essai sur la nature et la fonction du sacrifice » (1899), *in* M. Mauss, *Œuvres*, 1, *Fonctions sociales du sacré*, Éd. de Minuit, 1968, p. 302.

2. UNE ESTHÉTIQUE DU GAUCHISSEMENT

La « fête sacrificielle »

Trois comptes rendus : « Espagne 1934-1936. Exposition d'André Masson à la Galerie Simon[2] », « Rafaelillo le 9 octobre à Nîmes[3] » et « *Mort dans l'après-midi* d'Ernest Hemingway[4] » ; deux recueils poétiques : *Tauromachies* et *Abanico para los toros* ; deux textes de caractère théorique, *Miroir de la tauromachie* et le prière d'insérer de *L'âge d'homme* étayent alors les réflexions qui débouchent, parallèlement à la fondation du Collège de sociologie, sur la rédaction du « Sacré dans la vie quotidienne ». Dans cette seconde moitié des années trente qui s'achemine irrémédiablement vers la guerre, il ne

2. *La Nouvelle Revue française*, 25ᵉ année, n° 280, 1ᵉʳ janvier 1937, in *BR*.

3. *La Nouvelle Revue française*, 27ᵉ année, n° 304, 1ᵉʳ janvier 1939, in *BR*.

4. *La Nouvelle Revue française*, 27ᵉ année, n° 309, 1ᵉʳ juin 1939, in *BR*.

semble faire aucun doute pour Leiris que « la corrida, fête sacrificielle et art majeur, illustre bien le duel de l'artiste contre le monde extérieur quand, arrachant sa propre peau et se tenant debout devant l'œuvre à créer en position d'écorché, il tente de dompter la nature en la prenant aux plis palpitants de cette cape et, nouveau Damoclès, essaye d'abolir la mort en se faisant une arme scintillante de la menace qui pesait depuis toujours sur lui » (« Espagne 1934-1936 », *BR*, p. 73). Plus qu'un sport, plus qu'un art, la tauromachie est alors, comme l'érotisme, le miroir qui recèle « objectivée déjà et comme préfigurée l'image même de notre émotion » (*MT*, p. 29).

Miroir de la tauromachie

Sous la forme exaspérée qui caractérise le climat dans lequel il prit forme, *Miroir de la tauromachie* s'inscrit dans le prolongement de *L'âge d'homme* dont est développée et portée à ses extrêmes conséquences esthétiques l'intuition selon laquelle la « beauté surhumaine » de la corrida repose « sur le fait qu'entre le tueur et son taureau (la bête enrobée dans la cape qui la leurre, l'homme enrobé dans le taureau qui tourne autour de lui) il y a union en même temps que combat » (p. 71). Évocation du rituel comme de l'ambiguïté qui met en branle la « dynamique émouvante » du sacré, la course de taureaux y est présentée par Leiris comme le modèle d'un art — d'origine baudelairienne — louvoyant de façon équivoque entre « l'élément *droit* de beauté immortelle, souveraine, plastique » et « l'élément *gauche*, sinistre, situé du côté du malheur, de l'accident, du péché » (*MT*, p. 37). De même que pour Baudelaire « aucune beauté ne serait possible sans qu'intervienne quelque chose d'accidentel (malheur, ou contingence de la modernité) qui tire le beau de sa stagnation glaciale, comme l'Un sans vie passe au multiple concret au prix d'une dégradation » (*MT*, p. 36), c'est de l'antagonisme de la règle et de ce qui l'excède que relève l'idéal poétique défendu dans la plaquette illustrée par André Masson. Idéal dont la part évidente de classicisme implique une tension vers la démesure et la transgression, ou, pour reprendre un terme cher à l'écrivain, un gauchissement de tout ce qui risque de se figer dans une norme, quelle qu'elle soit.

Équilibre toujours menacé de l'union des contraires, mise en danger du créateur qui « à tout instant doit risquer de se perdre » comme de l'œuvre « à chaque seconde compromise, et constamment faite et défaite » (*MT*, p. 35), l'art tauromachique se situe « dans les parages hasardeux d'un seuil aussi étroit qu'un tranchant de rasoir, mince zone d'interférence ou *no man's land psychologique* qui constituerait le domaine par excellence du sacré » (*MT*, p. 65). Il aspire à cet imaginaire point de tangence vers lequel l'écrivain, pour ne jamais l'atteindre, ne cessa de déplacer le lieu de son écriture après en avoir fait le point d'ancrage du « Sacré dans la vie quotidienne », la conférence prononcée le

8 janvier 1938, au sein des activités du Collège de sociologie. N'avait-il pas écrit dans l'un des derniers chapitres de *L'âge d'homme* : « [...] il ne peut, tout compte fait, s'agir d'écrire que pour combler un vide ou tout au moins situer, par rapport à la partie la plus lucide de nous-même, le lieu où bée cet incommensurable abîme » (p. 157) ?

Appendice à usage personnel de *Miroir de la tauromachie*, « Le sacré dans la vie quotidienne » est une liste des traces qui, dans une existence presque totalement profane, sont restées d'un passé où, rétrospectivement, le sacré semble avoir eu valeur constitutive. Les hiérophanies enfantines présentées par le souvenir adulte sous la modalité euphorique de la révélation reprennent de nombreux souvenirs de *L'âge d'homme* et anticipent la série des « faits de langage » qui feront la nouveauté de *Biffures*.

B. L'ÉCRIVAIN EN SITUATION

1. LE PRIÈRE D'INSÉRER DE 1939

« Les jeunes gens de l'après-guerre »

De plus en plus pressés par les événements, les devoirs de l'écrivain nécessitaient un retour au réel qui passait à travers une meilleure connaissance de soi. La métaphore tauromachique n'en fut pas pour autant abandonnée. Leiris y recourut de nouveau mais cette fois pour lester son écriture d'un poids de réalité qui risquait de lui manquer. Les éditions Gallimard s'étant finalement décidées à publier *L'âge d'homme*, il rédigea un prière d'insérer où il indiqua sans équivoque le lieu à partir duquel il entendait que le texte fût lu. Et pour la première fois il conjuga corne de taureaux et aveux sexuels.

En décembre 1935, Leiris remet le manuscrit de *L'âge d'homme* à Malraux qui venait de publier *L'Afrique fantôme*. Une réponse de Paulhan arrive pour ainsi dire immédiatement : « [...] le mieux serait, il me semble, que vous donniez l'*Âge d'homme* à une petite collection : *Métamorphoses* qui devrait commencer à paraître en 1936 (et dont les trois premiers livres seront de Michaux, Audiberti, Artaud. Ensuite, Cingria, Jouhandeau). Seul inconvénient : je devrais vous demander une assez longue patience. Voulez-vous accepter toute de même[1] ? ». Il aura fallu en effet une longue patience à Leiris qui finira par être publié mais dans la collection « blanche », la plus prestigieuse de la maison, en juin 1939.

1. Cité par L. Yvert, *op. cit.*, p. 96.

Deux remarques s'imposent : pas plus qu'il ne fait allusion à *Miroir de la tauromachie*, Leiris n'a repris le prière d'insérer de 1935 qui offrait pourtant une description détaillée et complète de ce qui continuait à être l'originalité de son travail. À ce point, ses préoccupations ne semblent plus avoir concerné l'ouvrage tel qu'il avait été construit, les modèles qu'il aurait ou non transgressés mais le geste qui le gouvernait et éventuellement le légitimait. C'est face aux événements dans lesquels elle voyait finalement le jour que Leiris entendait situer son entreprise, cette fin de l'entre-deux-guerres d'où il jetait un regard sévère sur sa génération comme sur lui-même : « [...] l'auteur avoue sans fard que son véritable " âge d'homme " lui reste encore à écrire, quand il aura subi, sous une forme ou sous une autre, la même amère épreuve qu'avaient affrontée ses aînés » (p. 9-10).

« *L'ombre d'une corne de taureau* »

Une initiation ratée, dès lors, un rite de passage à refaire ? Probablement. À moins d'admettre que la publication de l'ouvrage auquel son objet faisait défaut ne fût justement l'épreuve après laquelle l'écrivain aurait été enfin à même d'abandonner la société des « jeunes gens » pour celle des « aînés » si ce n'est des « toreros » *(ibid.)*. Si l'âge d'homme était bien la « recherche d'une plénitude vitale, qui ne saurait s'obtenir avant une *catharsis*, une liquidation, dont l'activité littéraire — et particulièrement la littérature dite " de confession " apparaît l'un des plus commodes instruments » (p. 10), l'épreuve qui y conduisait était *L'âge d'homme*, non pas l'histoire racontée mais la représentation de cette histoire, la « lucidité et la sincérité » qui avaient présidé à sa mise en scène. Représentation au terme de laquelle le procès cathartique voulait que le héros-narrateur se retrouvât un autre lui-même.

Adressé non plus à la communauté marginale qui entendait conduire l'art aux confins de la vie et de la mort mais à ceux, plus nombreux, pour qui le moment allait venir de s'engager, le prière d'insérer de 1939 s'efforça de transformer « obsessions d'ordre sentimental ou sexuel », « déficiences ou [...] lâchetés » en corne de taureau ou plus précisément — et c'est là que le bât blessait — en « l'ombre d'une corne de taureau » (p. 11).

Hantée par la culpabilité où la rivait l'impossibilité d'être jamais autre chose que le simulacre d'un acte réel, l'autobiographie allait devoir dès lors s'appliquer à dénoncer les mythes et les faux-semblants sur lesquels elle s'était construite et risquait de se construire (p. 13). Si l'exemplarité de l'aveu lui permettait encore de se présenter aux yeux de ses lecteurs comme une modalité de l'action et du civisme, elle n'en avait pas moins, au plus profond d'elle-même, irrémédiablement perdu la forme d'innocence ou d'aveuglement qui avait permis à Leiris de « se targuer, enfin, d'être dans l'âge viril » lorsqu'en 1935 il avait mis « le point final à son livre » (p. 9).

2. « DE LA LITTÉRATURE CONSIDÉRÉE COMME UNE TAUROMACHIE »

Les écrivains engagés de 1945

Là-dessus, il y eut la guerre. Non pas une corrida mais une boucherie. Ce qui, à la veille du conflit, avait pu passer pour un acte de courage risquait, après les « horreurs de la guerre », de faire figure de « rage de dents » (p. 11). La situation héritée du traumatisme belliqueux posait la question de la littérature dans des termes nouveaux. Prenant une nouvelle fois le taureau par les cornes, Leiris accepta de s'y confronter. Ce fut la fameuse préface « De la littérature considérée comme une tauromachie » placée en tête de *L'âge d'homme* dans la réédition de 1946 après avoir été publiée dans le numéro 8 des *Temps modernes*, la revue « engagée » fondée par Jean-Paul Sartre en octobre 1945.

Leiris et Sartre s'étaient rencontrés trois ans plus tôt à l'enseigne de « *L'âge d'homme* et [...] [de] la théorie des situations privilégiées exposées dans *La nausée* » (*J*, 25 octobre 1942, p. 371). L'année suivante, ils avaient participé au recueil *Domaine français*, « anthologie, destinée au monde libre, de poètes et prosateurs français qui ne [collaboraient] pas[1] ». Au même moment, Leiris publiait dans *Les Lettres françaises* un compte rendu élogieux des *Mouches* où il soulignait comment « de la *tragédie* antique au *drame* contemporain, l'orientation a totalement changé : de victime de la fatalité, Oreste est devenu champion de la liberté » (*BR*, p. 85).

Seule marque d'obédience aux positions sur le rôle et la fonction de la littérature illustrées par la revue, « De la littérature considérée comme une tauromachie » assuma la rude tâche de défendre l'autobiographie alors que Leiris était en train de rédiger le dernier chapitre de *Biffures*[2] et que Sartre venait de dénoncer les écrivains bourgeois qui, tel Proust, « pensent avoir assez fait lorsqu'ils ont décrit leur nature propre ou celle de leurs amis : puisque tous les hommes sont faits de même, ils auront rendu service à tous, en éclairant chacun sur soi[3] ».

1. Cité par L. Yvert, *ibid.*, p. 143.

2. « Dernière nouvelle à consigner ici : c'est la fin de la guerre car le Japon vient de capituler » (*B*, p. 252).

3. J.-P. Sartre, « Présentation », *Les Temps modernes*, I, n° 1, 1er octobre 1945, p. 11.

1. « Beaucoup plus qu'à une " littérature engagée " je crois à une littérature *qui m'engage* » (*J*, 26 octobre 1945, p. 421).

2. J.-P. Sartre, « Présentation », *op. cit.*, p. 21.

3. Il est vrai que seules l'introduction (p. 11-12) et la conclusion (p. 23-24) se plient aux exigences idéologiques de la revue.

« Une littérature qui m'engage[1] »

La formule de l'engagement exposée par Sartre — « Je rappelle [...] que dans la littérature engagée, l'engagement ne doit, en aucun cas, faire oublier la littérature[2] » — était cependant suffisamment souple pour que Leiris pût (ou crût pouvoir) y inscrire une marque personnelle[3]. S'il était prêt à reconnaître la nécessité de se « situer sur le plan intellectuel ou passionnel » (p. 23), il n'avait en aucune façon modifié ce qu'il pensait devoir être, quant à leur but ultime, les devoirs de l'écrivain et, plus en général, ceux de l'artiste. Le réalisme dont il revendiquait maintenant le parti pris (p. 16) n'était en rien celui que stigmatisait *Miroir de la tauromachie* (*MT*, p. 27). Il reprenait, sous une forme nouvelle, une exigence d'authenticité qui, au milieu des années trente, ne pouvait être définie comme réaliste même si elle relevait d'une identique nécessité de « mettre en lumière certaines choses pour soi en même temps qu'on les rend communicables à autrui » (p. 23).

Pour peu que l'on accepte d'aller au-delà de la différence des tons qui, eux, appartiennent à des époques diverses, il apparaît qu'en ce qui concerne l'essentiel rien n'avait véritablement changé. La revendication de l'héritage surréaliste (*ibid.*) était là pour sous-entendre que l'écrivain n'avait certes pas attendu Sartre ni l'existentialisme pour s'exercer à une littérature où il essayait de s'« engager tout entier » (p. 15). En 1946, la poésie restait la « forme pure » de l'activité lit-

1. Affirmation qui n'allait pas de soi dans le contexte existentialiste : « Si je n'ai pas encore trouvé le moyen d'écrire une chronique pour *Les Temps modernes*, c'est qu'il y a quelque chose qui me refroidit [...] : abîme qui me sépare de Sartre et du Castor quant à la poésie » (*J*, 4 novembre 1945, p. 422-423).

2. *Les Lettres françaises*, n° 27, 28 octobre 1944, p. 1 et 5.

téraire[1]. Dans le prolongement du prière d'insérer de *Haut mal* (*BR*, p. 80-81), publié trois ans plus tôt en pleine occupation allemande, son rôle était toujours « de restituer au moyen des mots certains états intenses, concrètement éprouvés et devenus signifiants, d'être ainsi mis en mots » (p. 22-23).

Plus explicitement engagé, l'article « Ce que parler veut dire » publié à la Libération : « [...] les écrivains, techniciens du langage, apparaissent comme les tenants d'un art privilégié, du fait que la parole, qui en est l'instrument, n'est pas seulement moyen de constituer un monde imaginaire mais bel et bien moyen d'agir, dans la mesure où c'est par lui que nous communiquons avec autrui et sommes donc à même d'influer sur ses actions. [...] Homme de la parole, l'écrivain se doit d'être *homme de parole*. [...] Viser à être toujours authentique, même lorsqu'il lâche sa bride à sa capacité d'invention. Exprimer sa vérité par les moyens qu'il juge les plus adéquats (sans rechercher l'effet qui est la porte aux plus lamentables tricheries). Savoir, surtout, que chaque mot qu'il dit l'engage [...][2] ».

Au-delà de L'âge d'homme

« *Je viens d'avoir trente-quatre ans...*

« J'en aurai quarante-cinq quand ces pages reparaîtront. Un tel écart justifierait un nouveau livre. Parant au plus pressé, ces notes *[onze]*, réduites à l'indispensable » (p. 209). Un nouveau livre — Leiris est alors en train de l'écrire. Pourquoi dans ce cas republier *L'âge d'homme* plutôt que d'attendre la fin de *Biffures* qui sortira moins de deux ans plus tard ?

La position de Leiris « engagé » est, en 1946, extrêmement délicate. La réédition précédée de la préface est sans aucun doute le résultat d'une habile stratégie d'autolégitimation qui libère l'ouvrage en cours de rédaction de toutes les fautes adossées à *L'âge d'homme*, victime expiatoire du péché autobiographique tel qu'il ne sera plus commis : « Ce que je méconnaissais, c'est qu'à la base de toute introspection il y a goût de se contempler et qu'au fond de toute confession il y a désir d'être absous. Me regarder sans complaisance, c'était encore me regarder, maintenir mes yeux fixés sur moi au lieu de les porter au-delà pour me dépasser vers quelque chose de plus largement humain » (p. 13-14).

Mea-culpa tourné vers le passé, il ne fait aucun doute que c'est à l'auteur de *Biffures* qu'il faut attribuer la préface comme les notes qui répondent, avant même qu'elles n'aient été formulées, à toutes les attaques qui risquaient de partir du milieu auquel l'écrivain entendait s'adresser sans pour autant abdiquer ce que, depuis ses débuts surréalistes, il reconnaissait être l'autonomie de son art. Car s'il était prêt à confesser publiquement les torts de *L'âge d'homme*, il était loin de renoncer à l'entreprise qui l'occupait tout entier et dont il ne savait pas alors qu'écrite « sous la lumière frisante d'une vérité toujours à venir[1] », elle se prolongerait pendant près de quarante ans.

1. M. Blanchot, « Combat avec l'ange », in *L'amitié*, Gallimard, 1971, p. 156.

Mises au point ponctuelles qui marquent la distance qui sépare l'écrivain engagé de celui qu'il n'est plus mais qu'il ne renie pas pour autant, les notes placées à la fin du volume déplacent le terrain de vérité du sexuel au politique : « Aujourd'hui, je n'exprimerais plus cela en termes psychanalytiques et parlant castration. Au lieu d'un châtiment à la fois craint et désiré, j'invoquerais la peur que j'ai de m'engager, de prendre mes responsabilités [...] » (p. 211).

Tauromachie et classicisme

Dûment datée et située dans « l'énorme vacarme torturé du monde » (p. 11) de l'après-guerre, la préface de 1946 s'efforce de répondre — positivement s'entend — à la question qui agite la conscience déchirée de l'écrivain confronté à une contradiction apparemment insoluble. Une fois entendu « qu'écrire et publier une autobiographie n'entraîne [...] aucun danger de mort » (p. 17), le rapport établi entre l'authenticité du faiseur de confession et celle du torero ne risque-t-il pas de reposer sur un simple jeu de mots ? La littérature à la première personne d'être de nouveau frappée du péché d'intransivité, privée d'exemplarité ?

Au terme d'une série de retournements palinodiques où, tout en prenant les distances par rapport à son ambition cathartique, il défend le désir d'authenticité qui l'animait, Leiris est contraint de reconnaître que l'analogie entre les « deux façons spectaculaires d'agir et de se risquer » (p. 18) ne peut être esquissée qu'en la reformulant. Il prend alors comme terme de comparaison non pas le danger couru mais ce qui le provoque, l'« observance plus ou moins étroite » (p. 19) des règles qui régissent la corrida comme son propre texte.

Mal à l'aise sur un terrain spéculatif qui n'a jamais été le sien, conscient en outre de la fragilité de sa position, Leiris n'arrive au terme de son raisonnement qu'au prix d'une série d'entorses qui privent l'art tauromachique de ce qui en avait fait jusque-là la spécificité. Non plus « viol, transgression, dépassement, péché par rapport à un ordre idéal faisant fonction de règle » (*MT*, p. 43), l'affrontement du taureau et du torero est figé dans une dimension *sculpturale* tout à fait inattendue (p. 20). Et, par analogie, *L'âge d'homme* est présenté à son tour comme un « bloc solide » dont est exalté le « ton [...] objectif » (*ibid.*).

Paradoxalement ce n'est plus le caractère plus ou moins transgressif de son contenu — l'imaginaire corne de taureau de la confession des « œuvres de la chair » — qui apparente le texte à la tauromachie mais le « classicisme » de sa forme, la sévérité avec laquelle son auteur a appliqué la règle[1] qu'il s'était choisie : « Et c'est en fin de compte cette sévérité même, ce " classicisme " — n'excluant pas la démesure telle qu'il y en a dans nos tragédies même les plus codifiées et reposant non seulement sur des considérations relatives à la forme mais sur l'idée de parvenir ainsi au maximum de la véracité — qui me paraît avoir conféré à mon entreprise (si tant est que j'y aie réussi) quelque chose d'analogue à ce qui fait pour moi la valeur exemplaire de la *corrida* » (*ibid.*).

1. « Dire toute la vérité et rien que la vérité » (p. 18).

Rappelons que, dans *L'âge d'homme*, Leiris avait souligné « le goût que j'ai toujours eu d'une certaine forme classique » et la prédilection pour « la versification racinienne qui présente, en même temps que cette roideur antique à laquelle j'attache tant de prix, une sorte de dureté d'alcôve où toutes les lignes se font fluides comme celles de corps en amour » (p. 68). Dans les notes, il précise que durant toutes les années de l'Occupation « l'on se retournait volontiers vers les classiques français » (p. 210). Ce qui n'était certes plus aussi nécessaire en 1946. « Identité [...] de la forme et du fond » (p. 21), le classicisme ici revendiqué est aussi bien obstacle au subjectivisme qu'assurance de partager « quelque chose d'homophone » *(ibid.)* avec autrui.

Le sacrifice de Bataille

Étranges propos que rectifie à peine la « démesure » introduite comme un retour du refoulé dans ces lignes où l'on a du mal à reconnaître aussi bien l'ex-surréaliste que l'auteur de *Miroir de la tauromachie*. Il faudra de nombreuses années à Leiris pour admettre que quelque chose n'allait pas dans la définition de cette esthétique privée de dialectique, « faisant de la beauté la résultante d'une parfaite concordance entre style et efficacité » (*J*, 9 décembre 1962, p. 585)[1].

---

1. Il reconnaîtra alors de nouveau ce qu'il pensait en 1937 : « Le " baroque " de la tauromachie : excès du style sur l'efficacité ([...] le torero même le plus " classique ", le plus avare en fioritures, agit selon une esthétique point entièrement réductible à la technique de mise à mort [...]) » (*J*, 23 décembre 1962, p. 587).

« Dans " De la littérature considérée comme une tauromachie ", [...] j'ai [...] laissé tomber l'idée (bataillienne) de la nécessité de transgresser à laquelle je donnais pour pendant celle de la nécessité inverse d'ordonner ce qui ne l'est pas, tout ce qui est valable se passant dans le double mouvement qui s'opère entre les deux pôles ; j'en suis venu à l'idée d'une règle technique (ou d'efficacité) qui serait en même temps une règle esthétique (ou de style), ce qui non seulement était une utopie mais tendait à éliminer la contradiction motrice » (*J*, 9 décembre 1962, p. 586).

Imposition d'un ordre au chaos, sacrifice du transitoire au bénéfice de l'éternel, du subjectif au bénéfice de l'universel, le classicisme revendiqué en 1946, et son désir d'une communication le plus étendue possible, renvoie — de façon inattendue et régressive — l'acte autobiographique aux derniers mots de l'ouvrage : « J'explique à mon amie comment il est nécessaire de construire un mur autour de soi, à l'aide du vêtement » (p. 208) et à travers eux, à la « tentative symbolique de *minéralisation* » propre aux débuts surréalistes : « [...] j'aurais voulu me faire une sorte de cuirasse, réalisant dans mon extérieur le même idéal de *roideur* que je poursuivais poétiquement » (p. 185).

Sommes-nous dès lors autorisés à l'interpréter comme une réactivation, masquée d'engagement, du fantasme de castration dont le narrateur de *L'âge d'homme* semblait, quant à lui, avoir renoncé à cicatriser la blessure ? En déplaçant la scène de l'autobiographie du sexuel au politique, du désir à la règle, Leiris a-t-il voulu conjurer momentanément le risque de démembrement que la mise en branle de *La règle du jeu* avait replacé au centre de l'écriture ? Ou bien a-t-il jugé que, témoin encombrant d'une tentative échouée de s'« assurer contre la mort » (p. 20), la meilleure façon de se débarrasser de *L'âge d'homme* était d'en faire l'objet dont la compacité et la perfection auraient rendu plus facile le sacrifice ? Et cela à défaut de pouvoir liquider un moi dont la rédaction de *Biffures* était en train de démontrer qu'il ne pourrait être pris dans les mailles d'aucune définition *sub specie aeternitatis*.

Quoi qu'il en soit, il ne fait aucun doute que « De la littérature considérée comme une tauromachie » ne saurait être réduit au manifeste engagé qui en a fait la réputation. Que dire en effet de la dédicace ajoutée au moment où un véritable interdit semble avoir pesé sur les expériences d'avant-guerre liées à la figure de Bataille[1] ? Geste incontestablement réparateur, les quelques mots — « À Georges Bataille, qui est à l'origine de ce livre » (p. 7) — ne se contentent pas de reconnaître une dette. Ils donnent également la mesure des contradictions dans lesquelles l'écrivain se débattait et dont il savait bien qu'elles allaient au-delà d'une simple querelle de noms, fussent-ils aussi charismatiques que ceux de Bataille et de Sartre. Il ne suffisait certes pas d'éliminer certains termes encombrants — les difficultés de rédaction de *La règle du jeu* allaient vite le prouver — pour effacer les expériences auxquelles ils étaient liés et résoudre les questions qu'ils posaient.

1. Juste retour des choses, c'est l'auteur de *Miroir de la tauromachie* et non celui de *L'âge d'homme* que Bataille évoquera lorsqu'en 1957 il dédiera *L'érotisme* à Leiris.

« Dans *La règle du jeu* — dont « Le sacré dans la vie quotidienne » fut la toute première esquisse, ou plus exactement l'amorce — j'ai évité (parce que cette notion faisait trop " Collège de sociologie ") de recourir à la notion de sacré. Mais il me semble maintenant que, ce faisant, j'ai compliqué inutilement les choses : pourquoi ne pas me référer au " sacré " (opposé au " profane ") pour définir mon attachement inconditionnel à la poésie ? » (*J*, 6 janvier 1978, p. 688).

Bien que son origine remonte au tournant « réaliste » des années trente et au choix de l'autobiographie comme moyen privilégié d'une communication élargie, il faudra attendre *Fibrilles* pour que Leiris analyse systématiquement son attraction contradictoire vers ce qu'il appellera alors, avec une affectueuse ironie, « " mon côté de chez Mao Tsé-toung " et mon côté de Kumasi » (*FI*, p. 219). Autour de ces deux pôles symboliques, il concentrera d'une part ce qui relève du politique, au sens large d'« être vraiment un homme », de l'autre ce qui s'apparente à la poésie, avec tout ce que celle-ci peut impliquer de régressif et de nostalgique[1]. En 1946, la dualité n'est pas encore aussi nettement polarisée. Elle n'en déchire pas moins déjà la conscience de l'écrivain : s'il n'entendait pas opposer engagement et poésie, Leiris n'en avait pas pour autant résolu la quadrature du cercle qui lui aurait permis de les fondre en une unique aspiration. L'eût-il fait, nous n'aurions pas aujourd'hui une œuvre reconnue comme l'une des plus originales et des plus importantes de notre siècle.

1. Cf. G. Poitry, *Michel Leiris, op. cit.*, p. 60-74.

CONCLUSION

« Moloch qui se nourrit de ses propres entrailles[1] », Leiris n'en aura, en fin de compte, jamais fini avec lui-même. *L'âge d'homme* à peine publié, il entreprit la rédaction de *La règle du jeu*, dont la suspension au

1. M. Leiris, *Images de marque*, Le temps qu'il fait, 1989, non paginé.

quatrième volume ne signifia en aucune façon l'abandon du « je » autobiographique. Suivirent *Le ruban au cou d'Olympia*, *À cor et à cri* et, à un an de la mort, *Images de marque*. Dès *Biffures*, il s'était pourtant interrogé sur l'opportunité de prolonger un geste « qu'on ne peut effectuer peut-être qu'une seule fois dans sa vie » (*B*, p. 271).

Maniaque ou, si l'on préfère, spécialiste de la confession ? Leiris fut le premier à le reconnaître, même s'il refusa de se laisser enfermer dans le cercle magique d'un moi dont, tout au long de son existence, il s'obstina au contraire à vouloir franchir les limites. Une tentative mélancolique qui donna à son œuvre le profil d'une quête dont l'objet tel que nous l'avons défini au début de cet ouvrage — « briser l'enchaînement le plus radical, le plus irrémissible, le fait que le moi est soi-même[1] » — ne cessa de s'éloigner à l'horizon des mots qui auraient dû lui donner corps.

1. E. Levinas, *De l'évasion, op. cit.*, p. 73. Cf. p. 17.

Telle fut, dès l'origine, la dure leçon de *L'âge d'homme*, de la perfection et de la rigueur avec lesquelles l'écrivain avait saisi ce qu'il croyait être l'image en quelque sorte immuable de lui-même à partir de laquelle — qu'il s'y reconnût ou qu'il la refusât — il aurait pu redéfinir son être-au-monde. Paradoxalement — mais pouvait-il en aller autrement alors que se défaisait la notion d'identité qui aurait dû la légitimer ? — c'est la vérité de cette image qui, à peine fut-elle définie, en sanctionna l'insuffisance. Au nom d'une autre vérité, celle de l'" inachèvement obligatoire "[2] de notre

2. *MT*, p. 37.

modernité dont jusqu'à la fin Leiris accepta de faire son lot.

S'il y eut échec, ce fut celui d'une condition existentielle à laquelle cependant, se situant d'emblée parmi les plus grands, Leiris a su offrir un miroir dans lequel chacun de nous est libre ou non de se reconnaître mais au reflet duquel aucun d'entre nous ne peut penser pouvoir se soustraire.

N'est-ce pas pour avoir su donner forme à ce qu'il y avait d'éternel et d'immuable dans le transitoire et le contingent de cette condition que *L'âge d'homme* appartient aujourd'hui aux classiques de notre littérature ?

DOSSIER

I. REPÈRES BIOGRAPHIQUES

1901   Naissance à Paris le 20 avril. Enfance et adolescence bourgeoises à Auteuil. Études primaires dans des écoles religieuses. Vacances d'été dans la proche banlieue. Voyages en Suisse, Belgique, Hollande et Angleterre. Études secondaires à Janson-de-Sailly et boîtes à bac.

1917-1918   Noctambulisme et « excentricités ». Découverte du jazz.

1919   Liaison avec Daisy S., la Kay de *L'âge d'homme*. Commence des études de chimie après avoir été employé de commerce.

1921   Rencontre Max Jacob. Se passionne pour la poésie moderne. Commence son service militaire.

1922   Rencontre André Masson. Fréquente l'atelier de la rue Blomet et ses adeptes : Tual, Artaud, Salacrou, Limbour, Jouhandeau. Rencontre Kahnweiler, Picasso, Gris, Louise Godon. Commence la rédaction du *Journal 1922-1989*. Au cours de l'été, commence la rédaction de *Désert de mains*, dédicacé à Masson. Rupture avec Kay.

1924   Adhère au surréalisme avec le groupe de la rue Blomet. Rencontre Bataille, Queneau, Desnos. Rédaction de *Simulacre* (1925), « en collaboration avec Masson ».

1925   Collabore pour deux ans à *La Révolution surréaliste* : récits de rêves, poèmes et premières livraisons de *Glossaire, j'y serre mes gloses*. Rédige *Le point cardinal* dédié à Limbour (1927) et *Grande fuite de neige* dédié à Desnos (1934).

1926	Mariage avec Louise Godon (Zette).
1927	Brève adhésion au PCF. Voyage en Égypte et en Grèce où il commence la rédaction d'*Aurora*.
1929	Rompt officiellement avec le surréalisme en février. Collabore jusqu'à son départ en Afrique à *Documents* dont il devient secrétaire de rédaction. Rencontre Marcel Griaule. Fréquente les cours de Marcel Mauss à l'Institut d'ethnologie. Commence une cure psychanalytique avec le docteur Adrien Borel en novembre.
1930	À la demande de Georges Bataille, rédige l'autobiographie érotique *Lucrèce, Judith et Holopherne*, noyau germinal de *L'âge d'homme*.
1931	Collabore à la rédaction des *Instructions sommaires pour les collecteurs d'objets ethnographiques.*
Mai 1931-février 1933	Participe à la Mission ethno-linguistique Dakar-Djibouti dirigée par M. Griaule. Enquête sur la langue secrète des Dogons (Soudan) et le culte des génies *zâr* (Éthiopie). Rédige *L'Afrique fantôme* (1934) dédiée à Griaule.
1933	Collabore jusqu'en 1939 à *La Nouvelle Revue française.*
1933-1935	Brève et intermittente reprise de la psychanalyse. Membre du Cercle communiste démocratique où il rencontre Boris Souvarine et Colette Peignot. Collabore à *La Critique sociale*. Adhère au Comité de vigilance des intellectuels antifascistes. Chargé du département d'Afrique noire du musée d'Ethnographie du Palais du Trocadéro. Reprise et fin de la rédaction de *L'âge d'homme* qui ne sera publié qu'en 1939.

1936-1937	Licence de lettres (ethnologie, sociologie, histoire des religions).
1937-1939	Fondation du Collège de sociologie (1937-1939) avec Bataille et Caillois. *Tauromachies* (1937), *Miroir de la tauromachie* (1938), *L'homme sans honneur*, *Notes sur le sacré* (1994), *Le sacré dans la vie quotidienne* (1938), *Abanico para los toros*. Diplôme de l'École pratique des hautes études.
1939	Publication de *L'âge d'homme* et *Glossaire, j'y serre mes gloses*. Mobilisation et affectation dans le Sud-Oranais. Aventure avec Khadidja.
1940	Commence la rédaction de *Biffures*, premier des quatre volumes de *La règle du jeu*.
1941	*L'Afrique fantôme* est interdite par la censure de Vichy.
1942	Rencontre J.-P. Sartre. Emménage, « rive gauche après rive droite », au 53*bis* quai des Grands-Augustins. Intégré au CNRS comme chargé de recherches. Adhère au Comité national des écrivains. Collabore aux *Lettres françaises*. Publie *Haut mal*, son premier recueil poétique composé de *Failles* (1924-1934), *La Néréide de la mer Rouge* (1934-1935), *Abanico para los toros* (1938), *La rose du désert* (1939-1940).
1945	Participe au comité de rédaction des *Temps modernes*. Recueille ses récits de rêves dans *Nuits sans nuit*. Mission en Côte-d'Ivoire et ex-Gold Coast.
1946	Rencontre Aimé Césaire. Nouvelle édition de *L'âge d'homme* dédié à Georges Bataille et précédé de l'importante préface « De la littérature considérée comme une tauromachie ». Publication d'*Aurora* (1927-1928).

1948	Publie *Biffures* et commence la rédaction de *Fourbis*, deuxième volume de *La règle du jeu*. Première mission aux Antilles.
1950	*L'ethnographe devant le colonialisme*.
1951	*Race et civilisation*. Réimpression avec préface de *L'Afrique fantôme*.
1952	Seconde mission aux Antilles. Participe, à Vienne, au Congrès des peuples pour la paix.
1955	Publie *Fourbis, Contacts de civilisation en Martinique et en Guadeloupe, Bagatelles végétales*. Voyage de cinq semaines en Chine. Rédige *Journal de Chine* (1994). Commence la rédaction de *Fibrilles*, troisième volume de *La règle du jeu*.
1956	Prix des critiques pour *Fourbis*.
1957	Tentative de suicide. Rédige les poèmes de *Vivantes, cendres innommées* (1961).
1958	*La possession et ses aspects théâtraux chez les Éthiopiens de Gondar*.
1961	Signe le *Manifeste des 121* sur le droit à l'insoumission dans la guerre d'Algérie. Maître de recherches au CNRS. Édition augmentée de *Nuits sans nuit et quelques jours sans jour*.
1964	Voyage au Japon en mai-juin.
1966	Publie *Fibrilles* et le recueil d'articles, *Brisées*. Rencontre Francis Bacon.
1967	Commence la rédaction de *Frêle bruit*, dernier volume de *La règle du jeu*. Premier voyage à Cuba. *Afrique noire : la création plastique* (en collaboration avec Jacqueline Delange).
1968	Directeur de recherches au CNRS.
1969	Publie *Cinq études d'ethnologie, Haut mal*, suivi de *Autres lancers*, et *Mots sans mémoire*

(*Simulacre*, 1927 ; *Glossaire, j'y serre mes gloses*, 1939 ; *Bagatelles végétales*, 1956 ; *Marrons sculptés pour Miró*, 1961).

1971   Mise à la retraite. *André Masson, Massacres et autres dessins*.

1974   *Francis Bacon, ou la Vérité criante*.

1975   Commence la rédaction du *Ruban au cou d'Olympia* (1981).

1976   Publie *Frêle bruit*.

1978   *Alberto Giacometti* en collaboration avec Jacques Dupin.

1980   Refuse le Grand Prix national des lettres. Publie *Au verso des images* (Picasso, Masson, Bacon, Giacometti, Lascaux).

1981   Publie *Le ruban au cou d'Olympia*.

1983   Commence la rédaction de *Langage tangage, ou Ce que les mots me disent* (1985).

1984   Exposition au musée national d'Art moderne de la donation Louise et Michel Leiris (collection Kahn-weiler-Leiris).

1985   Commence la rédaction d'*À cor et à cri* (1988).

1986   Exposition Michel Leiris en Avignon.

1987   Publie *Ondes*. Lègue sa bibliothèque et ses manuscrits à la Bibliothèque littéraire Jacques-Doucet. Commence la rédaction d'*Images de marque* (1989).

1988   Mort de Louise Leiris le 24 septembre.

1990   Meurt le 30 septembre à Saint-Hilaire.

1992-1997   Publication posthume de *Journal 1922-1989*, *Operratiques, Un génie sans piédestal, L'Évasion souterraine, Zébrage* (1992), *Journal de Chine, L'homme sans honneur* (1994), *Miroir de l'Afrique* (1995).

II. PORTRAITS ET AUTOPORTRAITS

A. AUTOPORTRAITS

Maniaque de la confession, obsédé par le besoin de voir clair en lui-même, Leiris n'a pas attendu la stipulation du pacte autobiographique pour tenter de définir un moi dont aucune image ne fut jamais en mesure de le satisfaire. En juillet 1924, il enregistre dans le *Journal* « une confession » qui est aussi la première image dans laquelle il accepte momentanément de s'identifier. Elle servira d'exergue au chapitre VII.

Je recopie ici une confession écrite il y a quelques mois :

J. mercredi 9 juillet 1924, p. 48-49.

« Je porte dans mes doigts le fard dont je couvre ma vie. Tissu d'événements sans importance, je [la] colore grâce à la magie de mon point de vue. Une mouche que j'écrase entre mes mains me prouve mon sadisme. Un verre d'alcool vidé d'un trait me hausse au niveau des grands ivrognes de Dostoïevski. Et quand je serai saoul je ferai ma confession générale, en omettant bien entendu de dire comment, pour ignorer la banalité de ma vie, je m'impose de ne la regarder qu'à travers la lunette du sublime. Je ne suis ni plus ni moins *pur* qu'un autre, mais je veux me voir pur : je préfère cela à me voir *impur*, car pour arriver à une certaine intensité dans l'impureté, il faut dépenser trop de forces. Et je suis foncièrement paresseux.

En tous points je suis semblable au petit bourgeois qui se donne l'illusion d'être Sardanapale en allant au bordel.

J'ai d'abord voulu jouer le rôle de Rolla, ensuite celui d'Hamlet ; aujourd'hui celui de Gérard de Nerval. Lequel demain ?

J'ai toujours choisi des masques qui n'allaient

pas à la sale gueule du petit bourgeois que je suis et je n'ai copié mes héros que dans ce qu'ils ont de plus facile à imiter.

Jamais je ne me pendrai, ni m'empoisonnerai, ni me ferai tuer en duel.

Comment oserais-je me regarder si je ne portais soit un masque, soit des lunettes déformantes.

Ma vie est plate, plate, plate. Mes yeux seuls y voient des cataclysmes. Au fond je ne redoute vraiment que deux choses : la mort et la souffrance physique. Des maux de dents m'ont empêché de dormir, je ne pourrais guère en dire autant de mes souffrances morales [**p. 155-156**][1].

En 1928, Leiris esquisse un autoportrait intitulé « Ma vie par moi-même » qu'il commente de nombreuses années plus tard :

Collé en double page à l'extrême bout de ce cahier[2] [...] il y a, enfin, un dessin au crayon que je m'amusai à faire je ne sais plus quel jour de 1928 et que j'intitulai « Ma vie par moi-même » : en haut y apparaissait une pyramide derrière laquelle passe la ligne d'horizon, puis, à gauche de cette pyramide et la regardant, mon profil ; en bas, un œil de femme dont le regard semble monter vers moi de droite à gauche, œil augmenté de l'arc de cercle d'un sourcil et placé parallèlement à une ligne oblique d'où partent les traits ondulés composants la chevelure. Ce qui me semblait alors chargé de sens dans ce dessin, c'est la séparation radicale qu'il y avait, d'une part, entre cette image de moi et la forme imposante mais d'une froideur géométrique qu'elle semblait regarder fixement, d'autre part, entre l'œil féminin et mon image elle-même, vers laquelle le regard de cet œil remontait de tout en bas comme si

B, p. 183.

---

1. Les chiffres en gras entre crochets renvoient à la page de *L'âge d'homme* où ont été repris les énoncés qui les précèdent.
2. Il s'agit du support du *Journal*.

l'être exilé qui le dardait avait quêté vainement une impossible union, de même que mon propre regard braqué ne pouvait qu'évaluer — sans la combler — la distance qui m'empêchait d'atteindre la pyramide, proche mais inaccessible.

En avril 1934, le corps apparaît pour la première fois sur la scène de l'écriture. Il s'agit de la version originale de l'autoportrait qui servira d'incipit à *L'âge d'homme*.

J'ai 32 ans, je vais même sur 33. Il y a peu de chose dans ma vie que je puisse me rappeler avec quelque satisfaction. Au physique, je suis de taille moyenne — plutôt petit. J'ai des cheveux châtains, coupés ras pour éviter qu'ils ondulent, par crainte aussi que ne se développe une calvitie menaçante. Si je puis en juger, les traits caractéristiques de ma physionomie sont : une nuque très droite, tombant verticalement comme un mur ou une falaise, marque classique (au dire des astrologues) des personnes nées sous le signe du taureau, un front développé, plutôt bossué, aux veines temporales exagérément noueuses et saillantes ; cette ampleur de front, selon les astrologues, est en rapport avec le signe du Bélier ; et en effet je suis né un 20 avril, donc aux confins de ces deux signes ! le Bélier et le Taureau. Mes yeux sont bruns, avec le bord des paupières habituellement enflammé. Mon teint est coloré ; j'ai honte d'une fâcheuse tendance aux rougeurs et à la peau luisante. Mes mains sont maigres, plutôt velues, avec des veines très dessinées. J'ai les jambes trop courtes pour mon torse, les épaules trop étroites pour mes hanches. Je marche le haut du corps incliné en avant. Je me tiens facilement voûté et je n'ai guère de muscles. J'aime à me vêtir avec le maximum d'élégance ; pourtant, je me trouve d'ordinaire profondément inélégant. Quelques gestes me sont familiers : m'appuyer la paume sur le front (autrefois je me

J, avril 1934, p. 277.

grattais l'occiput), ronger les peaux de mes pouces presque jusqu'au sang. Sexuellement, bien que je ne sois pas — je crois — un anormal (simplement un homme plutôt froid)... j'ai depuis longtemps tendance à me tenir pour quasi impuissant. J'ai peur de la maladie, surtout des maladies genre maladie de vessie, car mon père est mort des suites de l'ablation de la prostate, nécessitée par l'hypertrophie dont il souffrait quant à cet organe, mal de vieillard qui l'avait touché depuis assez longtemps [**p. 25-26**].

B. PORTRAITS

En 1924 et en 1927, Max Jacob et Marcel Jouhandeau s'inspirèrent explicitement de leur ami Leiris dans deux de leurs romans. De nombreuses années plus tard, alors qu'il vient de rédiger son autoportrait, Leiris en recopie des fragments en guise de portraits.

1. *L'HOMME DE CHAIR ET L'HOMME REFLET* (MAX JACOB)

À cause des sports, du féminisme, de Ravachol, du Dieu-Sciences, de l'hydre-fonctionnarisme, M... croyait de son devoir d'être ingénieur-chimiste. Ses professeurs, qui ne lisaient pas les journaux, lui conseillèrent l'étude du droit et certains concours. « J'ai beaucoup de bonne volonté et pas de volonté ! » disait M... qui aime les antithèses piquantes. C'est vrai qu'avant une décision il ferme les yeux comme avant de se noyer : « Vivre sa vie !... vie intérieure !... je ne demande pas mieux, moi, mais qu'est-ce que ça veut dire ? Comment fait-on ? » Il ne croyait à la réalité de rien, sinon à celle d'un idéal vague : il se touchait les côtes pour être sûr d'être vivant. Il se détestait, se regardait aux glaces pour se détester davantage, rageait contre ses vêtements pauvres : « Bah ! c'est assez bien pour toi ! » Il souffrait de

M. Jacob, *L'homme de chair et l'homme reflet*, S. Kra, 1924 ; cité dans *J*, 16 juillet 1934, p. 285.

tout sans se l'avouer ou en le criant trop pour qu'on le prît au sérieux. On lui était aussi désagréable en l'estimant au-dessus de sa valeur qu'en se moquant de lui. Il considérait des rapins comme des génies, des étudiants comme des inventeurs : « Je voudrais que l'univers n'eût qu'une tête et l'embrasser ! » dit-il : on le regarda ! sa figure n'exprimait que l'ennui.

2. *XIMÉNÈS MALINJOUDE* (M. JOUHANDEAU)

Le vêtement que tout le monde voyait, son chapeau et son manteau qu'en toute saison il portait, toujours les mêmes, le couvraient comme une seule housse, décolorée par de multiples et séculaires intempéries, bien qu'il fût si jeune, et c'était l'étonnement dans la rue que l'assemblage d'une figure maquillée... et d'oripeaux sordides. Ce contraste cachait peut-être une insolence, aucune volonté de bassement surprendre les autres, mais celle bien arrêtée de les outrager par quelque détour.

M. Jouhandeau, *Ximénès Malinjoude*, Paris, 1927 ; cité dans *J*, 16 juillet 1934, p. 285-287.

Il poudrait son visage... On ne s'apercevait pas cependant que Ximénès se souciât d'attacher sur lui le regard de quelqu'un, puisqu'il ne pardonnait même à personne d'avoir paru l'aimer. Attrait du masque peut-être ? Piège ? Il ne l'avoua jamais ; dévotion envers soi-même, désir de ressembler davantage à sa propre image, à un visage de pierre qu'eût été le sien ? Ximénès par là semblait à ceux qui ne pouvaient pas le connaître louche et dangereux, comme une courtisane ou un histrion, mais ceux qui le connaissaient ne se méfiaient pas de lui qu'ils savaient plus loyal et plus généreux qu'eux-mêmes. L'insensibilité de la matière trouvait seule grâce et adoration en Ximénès. Titan isolé dans un univers métallique, il n'admettait pas comme objet d'amour les êtres sensibles, ses semblables. À peine existaient-ils pour lui et s'il s'apercevait de leur existence, elle l'irritait, parce qu'elle lui rappelait quelque chose de lui-même, comme son image déshonorée. La vue de l'eau, des rochers, d'un simple caillou, d'un nuage, d'un ciel, au contraire le faisait tressaillir d'émotion, d'une émotion amoureuse, d'un désir d'amour, d'un amour d'adoration et il n'y avait que l'eau, un rocher, un nuage, un caillou, un ciel, quelque paysage où la nature apparût sous un angle singulier que Ximénès eût aimé d'émouvoir à son tour. S'il se grimait, n'était-ce que pour émouvoir les étoiles ?

Le corps était moins beau que la tête dont le trop d'ampleur faisait paraître l'épaule... et le bras velu un peu court. La main démesurée, rougie par le sang à fleur de peau et veinée de cordes bleues, presque toujours moite et griffue, eût été laide, sauf la forme effilée des doigts...

3. TOUJOURS À PROPOS DES DIFFICILES ANNÉES VINGT, LE PORTRAIT ÉBAUCHÉ PAR GEORGES BATAILLE, DE NOMBREUSES ANNÉES PLUS TARD :

J'ai connu tout d'abord Michel Leiris. Je le rencontrai à la fin de l'année 1924 : il était l'ami de Jacques Lavaud, comme moi bibliothécaire à la Nationale. Nous eûmes l'intention éphémère, à trois, de fonder un mouvement littéraire, sur lequel nous n'avions jamais eu que de bien vaines idées. Je me rappelle qu'un soir où nous avions bu des cocktails, nous nous rendîmes dans l'estaminet d'un petit bordel d'une rue voisine de la porte Saint-Denis, dont l'un d'entre nous avait entendu parler. C'était un bordel bon enfant, familier, et nous avions bu : j'avais bu en désordre, excessivement et j'étais le plus noir des trois. Nos propos, auxquels une des filles participait [...], je me rappelle que, sans nul doute, ils étaient anodins, que leur extravagance certaine était anodine. Mais en ce temps-là, l'extravagance frappait ceux qu'elle ravissait à très bon compte, et il leur semblait qu'elle mettait fin au monde sensé. Si

G. Bataille, « Le surréalisme au jour le jour », in *Œuvres complètes*, VIII, Gallimard, 1976, p. 170-172.

bien que le « mouvement » nous sembla prendre corps : restait à publier certains de nos propos (que je notai dans mon ivresse)...

En dehors d'une affectation fatiguée, tout cela, bien entendu, nous semblait négligeable. Leiris, peu à peu, se mêla au groupe surréaliste et nous cessâmes d'en toucher mot : je crois que l'ampleur et la rudesse du mouvement naissant lui donnèrent un choc. Nous restâmes un ou deux mois sans nous voir. Mon ami parlait volontiers de boissons et de bars. Nous parlions quelquefois de littérature, mais sans plus d'intérêt que de boissons ou de bars (et je puis dire que j'en étais déçu, mais que Leiris, plus jeune que moi, m'intimidait : j'avais honte, avec lui, de parler de ce qui m'occupait tout entier. Non seulement je vivais dans ce sentiment de honte, mais Leiris était, de nous deux, l'*initié*). À la fin, sur mon insistance, il me parla des surréalistes un peu longuement, et il me sembla sur-le-champ que cela pouvait être absurde, et même ennuyeux. J'étais mécontent. Cela séparait Leiris de moi. Je l'aimais beaucoup et il me donnait à entendre que nos relations étaient secondaires [...]. Je pensais quelquefois que Leiris se montait le coup, j'avais l'appréhension d'une bruyante supercherie [...].

Avant même d'aller plus loin, je ressentis le froid qui avait saisi Leiris. Quelque chose l'avait changé : il était désormais silencieux, évasif et plus mal à l'aise que jamais. Tout désœuvrement, nervosité devant laquelle toutes choses se dérobaient. Il était alors élégant, mais d'une manière subtile et sans l'attention qui lui retira plus tard une partie de cette élégance. Il se poudrait le visage entièrement, se servant d'une poudre aussi blanche que le talc. L'agacement avec lequel il se rongeait l'extrémité des doigts près des ongles achevait de donner un relief lunaire à ses traits. Ses paroles étaient peut-être sentencieuses, afin de mieux s'irriter soi-même, semblait-il, et d'être plus authentiquement cet huluberlu traqué, cet enfant pris en faute, brusquement soucieux d'observer quelque pointilleuse discipline : cette discipline, il l'observait l'œil vide et le regard ailleurs... avide obliquement de ce qu'il n'osait pas, de désobéir ou de fuir.

III. DÉFINITION DU PROJET AUTOBIOGRAPHIQUE

A. JE SOUSSIGNÉ

Étapes fondamentales du difficile parcours au terme duquel Leiris accepta d'être celui qui dit « je », la transposition fantasmatique et l'usage parodique et anagrammatique de l'identité pratiqués, entre 1925 et 1928, dans les « sortes de petits romans » (p. 193) écrits à la première personne mais hors de toute forme de pacte autobiographique.

1. *LE FORÇAT VERTIGINEUX*

Parodie allégorique du bon et du mauvais usage du surréalisme rédigée en 1925, *Le forçat vertigineux* ébauche, à travers la rêverie nominale, une première forme d'autoportrait.

MICHEL LEIRIS

Il y avait un temps où je dormais à l'ombre de ces caractères. Le vent les faisait se balancer gravement et je les croyais très hauts :

M, comme la mer qui s'étend jusqu'aux montagnes marmoréennes de la mort, de minuit à midi ;

I, comme les idées, itinéraires d'Icare, l'irréel qui s'imite ; I, comme les ides de Mars fatales à l'imperator ; I, I, I, I, I, comme un rire en forme de chiffre 1, figure primordiale tirée de l'abîme de M.

Quant à C, c'est le cadastre, le plan que fera respecter la douce hache qui précède l'aile, le CHEL qui sonne comme la période préhistorique chélléenne, le CHEL mou (contraction de *cheptel*), qui commence comme la chute — ou le chut qui

M. Leiris, *Le forçat vertigineux*, in *L'évasion souterraine*, Fata Morgana, 1992, p. 43-45.

impose silence — après la mie qui est le cœur du pain pour parachever le mot

MICHEL

qui, si je lui tranche l'L, devient le nom maintenant trivial de ces petits pains en forme de sexe féminin, qui figuraient autrefois dans les cérémonies de certains cultes érotiques.

Et je trouve ce premier mot grotesque.

MICHEL,

c'est un nom d'homme gras, aux joues lourdes. C'est le nom d'un buveur de bière qui tient sur ses genoux et tripote à pleines mains de grosses commères de kermesses flamandes. C'est un nom de capon, un nom mou, sans consonne dure, sans rien qui roule ou qui se déclenche comme une volée de pierres.

MICHEL quel beau portrait de roi gâteux ou ladre ! Pour sceptre un légume à la main, ou bien un cierge obscène ! Mais chut ! voici qu'une dalle se lève, juste sous les pieds de notre roi. Le trône se fend comme une chaise percée, le roi tombe les quatre fers en l'air et pète comme le roi Dagobert, la dalle se soulève, elle monte... Puisse-t-elle à jamais écraser cet idiot à couronne ! Non, elle ne l'écrase pas, mais, un par un, six spectres sont sortis de la fosse, six spectres et je les vois se ranger devant moi.

Un L comme le mot *lourd* et comme le mot *léger*. Il y a *long* et *léger*. Lumière livide et légitime orgueil. Lame de l'épée des nues. Limite de ma langue. Luxe et l'âme de ma loi. Mais c'est comme un leurre liquide, une luxure encore, une lâcheté. Commence, lettre, le mot plus dur : LEIRIS, qui est la carapace dans laquelle j'enferme mon orgueil, le château fort et l'armure étincelante derrière lesquelles je masque ma faiblesse ; éclate comme un cri de trompette, ô mon nom ! pour effondrer les murs méchants. À coups de pierres, à coups de pierres ! Je me défendrai à coups de pierres. Mes mots ce sont les pierres, triste balistique de ma voix !

Mais il y a un E aussi, 2 I, un S, un R...

Un E, c'est le seul œuf, le nœud qui me retient au monde, espoir de voir un jour un peu de neuf crever la coquille, la conque où je dépose ce que je sais, réceptacle ÉTERNEL, (ce mot contient trois E, mon nom n'en a que deux : où trouver le troisième ?), éternel comme épée.

Les I sont des fins piliers. En passant sur la langue, ils déposent une piste minérale. J'aime à goûter leur froidure. Ils forment comme un porche dans lequel s'engouffre l'R, et au pied du second d'entre eux dort le traître SERPENT, le reptile sournois et silencieux qui termine mon nom, celui qui chaque jour me damne.

Un beau nom, somme toute, LEIRIS, et qui balance bien l'ordurier MICHEL. C'est un peu le pot de fer, tout près du pot de terre.

MICHEL, ce nom je voudrais le clouer au fronton d'un bordel. Ce nom courbe, ce nom veule ferait bien à la porte de l'antre des literies et des odeurs d'amour et de toilette. Mais l'autre nom, celui dans lequel je vois circuler les mineurs qui me déchirent, je voudrais en faire une fronde, une catapulte ou bien un édifice mort, mais vaste et rigide, un monument qui pourrait être l'aliment de ma fierté.

MICHEL LEIRIS

2. *AURORA*

Insérée en 1928 dans *Aurora*, l'autobiographie fantasmatique de Damoclès Siriel, double anagrammatique de l'écrivain :

Aujourd'hui 25 larmier de l'an 800 du Crépuscule Corpusculaire, moi Damoclès Siriel, hiérarque de ce temple, je lègue mon histoire aux hommes, non que j'accorde une quelconque importance à la postérité, mais parce que j'ai toujours été naturellement enclin à l'exhibitionnisme.

A, p. 80-99.

[...] Enfant, j'étais déjà cruel. [...] Mon propre corps je ne le regardais qu'avec dégoût ; j'usais de tous les ingrédients aptes à lui donner un aspect granitique et souvent il m'arrivait de rester immobile durant des heures entières, pensant ainsi me rapprocher dans une certaine mesure des statues. [...]

Nuit et jour la mort me surplombait comme une morne menace. Peut-être m'efforçais-je de croire que je la déjouerais par cette minéralité, qui me constituerait une armure, une cachette aussi [...] contre ses attaques mouvantes mais infaillibles. Craignant la mort, je détestais la vie (puisque la mort en est le plus sûr couronnement), — de là mon horreur pour tous ces hommes pareils aux monstres qui m'avaient engendré, monstres eux-mêmes, qui ne cessaient de mettre au monde d'autres monstres, puisque tout ce qui vit en attendant la mort, à commencer par moi, ne peut être que monstre. [...]

Un seul objet capable de concrétiser toute la diversité de mon esprit, une seule figure capable de devenir le réceptacle unique de mon amour, c'est ce que je venais de trouver dans cet admirable couteau. Dans l'obscurité vague de sa cachette, il faisait jouer la triple pureté de ses angles ; froid comme un astre, poli comme par de multiples caresses, il savait déclencher l'avènement des cruautés, en même temps qu'il se dressait comme un sexe, image même de la rigidité. C'était l'instrument parfait — aigu comme tout ce qui est esprit, dur et tranchant comme les arêtes de la matière —, triangle unique symbolisant la seule triade que je daigne reconnaître :

PURETÉ   FROIDEUR

et

CRUAUTÉ

[...] Quant à mon couteau, dépositaire du sang de plusieurs meurtres et fauteur de cet ultime trouble, je le garderai précieusement, parce que lui seul me permettra [...] d'échapper à l'esclavage ignoble de la mort en mettant fin à mes jours moi-

même, d'une façon à la fois géométrique et royale
[...].

En foi de quoi je signe, de mon nom d'homme
assuré maintenant qu'il saura, grâce à l'extrêmité
d'un instrument, devenir éternel :

DAMOCLÈS SIRIEL

B. LE COEFFICIENT PERSONNEL

**En mai 1929, l'activité introspective, jusque-là condam-
née à l'intransitivité de l'épanchement narcissique,
devient partie prenante d'un procès de modification dont
l'urgence ne fait plus de doute. Il ne s'agit plus de multi-
plier les images du moi mais de les intégrer dans ce qui
bientôt en sera l'histoire. Un an plus tard, en pleine analyse, Leiris rédigera *Lucrèce, Judith et Holopherne*,
noyau germinal de *L'âge d'homme*.**

1. QUAND DIRE, C'EST FAIRE

En somme, ce que je tente en ce moment, c'est une
autocritique, aussi rigoureuse que possible. Je préfère ce terme à celui d'*introspection*, parce qu'il
comporte quelque chose d'actif, alors que l'introspection se réduit à une contemplation purement
passive de soi-même, pleine d'une détestable complaisance. Je n'éprouve aucun plaisir particulier à
observer les rouages de mon activité. Si je les
observe, c'est dans un but tout à fait intéressé et
pour l'accomplissement duquel il faudrait que je ne
recule devant aucune sévérité !

J, 17 mai 1929, p. 167.

2. « MON CŒUR MIS À NU »

[...] Il y a des moments où j'ai l'impression que je
suis un malade et que je devrais, par exemple, me
faire psychanalyser. Mais au fond je crois qu'il s'agit
là d'un pessimisme tout à fait constitutionnel, néces-

Ibid., p. 168.

sairement inhérent à la vie de ceux qui ont un tant soit peu conscience. Toutefois je ne me félicite guère de cette lucidité, et bien souvent je souhaiterais n'être que le plus quelconque des abrutis... Ce qui est horrible c'est d'être placé, comme je crois que je le suis, entre ces deux pôles : la sottise plate et vulgaire d'une part, le génie de l'autre. Je ne suis ni un imbécile, ni un surhomme, mais seulement ce qu'il est convenu d'appeler un « homme distingué » (ici je pense à Dominique). J'ai très peu de courage, mais suffisamment de sens moral pour me rendre compte de toutes mes lâchetés. Pas assez d'intelligence pour être un homme véritablement supérieur, mais suffisamment toutefois pour ne pas m'abuser sur mon compte, et pour tirer quelque vanité du fait que je ne suis pas ma dupe. Toute ma vie repose sur le principe chrétien de la confession, et je m'imagine toujours être quitte parce que je mesure exactement ce que je suis.

Tout ce que je fais n'est qu'une longue et gigantesque masturbation, une laborieuse tentative de m'exciter avec tout ce qui se passe dans ma propre tête, mon propre cœur, mon propre corps. C'est sous ce signe que je suis né et je ne vois pas ce que je pourrais faire pour m'en délivrer. Ce que je puis espérer de mieux c'est de tirer de moi les matériaux d'une revanche éclatante, sous forme de cette activité écrite, de la valeur de laquelle, pourtant, je doute tellement. J'ai cependant l'impression qu'à force de souhaiter cette revanche j'arriverai bien à la forcer. C'est sur cette unique base que je vis autrement que comme un noyé.

Je voudrais tomber malade à force de sincérité. Donner l'exemple unique d'un homme qui, somme toute, s'est rarement illusionné sur lui-même et a su mieux que quiconque voir clair en lui. Toutefois j'ai une peur énorme que ce soit précisément en croyant à cette sincérité que je me trompe...

J'aimerais avoir le courage d'écrire dans ce

cahier des choses de ce genre : aujourd'hui j'ai chié de telle manière, j'ai fait l'amour de telle autre, j'ai pensé cela de tel ou de telle, je me suis branlé, j'ai mangé de bon appétit, j'ai ri de telle stupidité, à tel moment de la journée j'ai cru que j'avais du génie, j'ai été flatté de telle chose qu'on m'a dite, j'ai espéré être publié dans telle revue, chez tel éditeur, j'ai eu peur de telle ou telle chose, etc., etc.

Ce programme sera théorisé au cours de la rédaction de _L'Afrique fantôme_ qui en est la meilleure illustration, ainsi que tente de l'expliquer le projet de préface écrit à mi-chemin de Dakar et Djibouti.

Ce journal n'est ni un historique de la Mission Dakar-Djibouti, ni ce qu'il est convenu d'appeler un _récit de voyage_. [...]

_AF_, p. 214.

Outre que je ne suis pas qualifié pour donner de cette entreprise un compte rendu d'ensemble, privé ou officiel, les notes publiées ici — notes rédigées jour par jour, en cours de route — ont un caractère strictement personnel. Non que j'attache une bien grande importance à ce que d'aucuns appelleraient « leur individualité ». Non que je me sois efforcé, bon petit horticulteur du moi, de faire monter en graine MES impressions.

Réduisant les péripéties du voyage presque exclusivement à celles où j'ai été moi-même engagé (afin de ne rien raconter que je puisse avoir involontairement déformé), ne craignant pas de m'exprimer _subjectivement_, j'ai essayé de donner à ces notes le maximum de vérité.

Car rien n'est vrai que le concret. C'est en poussant le particulier jusqu'au bout qu'on touche à l'objectivité. Je m'explique.

D'aucuns diront que, parlant de l'Afrique, je n'ai pas besoin de dire si, tel ou tel jour, j'étais de bonne humeur, voire comme j'ai excrété. Je répondrai que, bien que n'étant pas de ceux qui se mettent à genoux devant leurs propres œuvres (qu'il s'agisse de livres ou d'enfants, deux espèces d'excréments), je ne vois pas pourquoi, le cas échéant, je devrais passer sous silence un tel événement. Outre qu'il est aussi important en soit que le fait que tel arbre, tel indigène habillé de telle façon ou tel animal se soit trouvé à tel moment précis sur le bord de la route, ce phénomène d'excrétion doit être relaté, car il a sa valeur au point de vue de l'authenticité du récit.

Non pour que ce récit soit complet — car, faute de temps de la part du rédacteur, il ne peut être question un instant qu'il le soit (et pourtant ! combien il serait intéressant, dans un journal, de noter, non seulement les plus fugaces pensées, mais tous les états organiques aux différents moments de la journée, comment on a mangé, par exemple, comment on a fait l'amour, comment on a pissé...) mais afin, exposant le coefficient personnel au grand jour, de permettre le calcul de l'erreur, ce qui est la meilleure garantie possible d'objectivité [...].

IV. LA COLLECTE DES MATÉRIAUX

A. LISTES ET ÉNUMÉRATIONS

Avant même que le projet autobiographique prît forme, Leiris enregistra dans le *Journal*, sous forme de listes ou d'énumérations, une série de documents qui furent utilisés au cours de la rédaction de *L'âge d'homme*. À l'exception de deux brefs « bilans » de sa « vie sentimentale » dressés en 1924 et en 1925, c'est en mai 1929 qu'est insérée la première liste de souvenirs présentée explicitement comme telle.

Retrouve des souvenirs d'enfance notés sur un agenda donné par Th. Fraenkel. Je les transcris :

J, mai 1929, p. 135-136.

Petit guignol de métal rose

Disque de phonographe La Biche au bois

Disques de phonographes — cartes postales (?)

Premier cauchemar connu : je suis mangé par un loup **[p. 102]**

Deuxième "   "   "   "   "   par un cheval **[p. 102]**

Sexualité : histoire du « doigt dans l'œil » **[p. 81]**

Première érection dans le bois de Viroflay, en voyant des enfants grimper nus dans les arbres **[p. 40]**

Livres : *Les animaux en train de plaisir — Les animaux en pique-nique — La guerre des animaux*

La guerre des ours et des lions, par Rose Candide

[*Les aventures de*] *Saturnin Farandoul* de Rodiba

J'apprends l'histoire sainte avec une petite fille nommée Agnès. Je me la rappelle vêtue d'une robe de velours (?) gris, avec ses longs cheveux blonds sur les épaules **[p. 102]**.

Une autre — brune celle-là — se frottait violemment le dessus d'une des mains avec la paume de l'autre, afin que la main frottée sentît la mort **[p. 145]**.

« Buffalo Bill » au Champs-de-Mars.

Romans : *Nick Carter, Buffalo Bill Far-West, Morgan le pirate* (sous le pavillon noir), *Nat Pinkerton, Sitting Bull* (édités par Eischler).

Affiches de l'Ambigu pour *Bagnes d'enfants* **[p. 49]**.

Dans *Nos loisirs*, histoire d'un homme foudroyé (photo de l'arbre (?) sous lequel il était abrité, dans son œil ou sur son front ?) **[p. 30]**

Le film *Pardonne, grand-père !* au cinéma du Trocadéro. Coup de bâton du père sur le front du prétendant (trace en creux sur le front). Mariage contre gré des parents. Mari bûcheron écrasé sous un tronc. Coup de feu du père (ou grand-père) sur traîneau qu'il croît monté par X, mais c'est sa fille qui reçoit.

Guerre russo-japonaise au Musée Grévin (cadavre japonais à tempe trouée) **[p. 84]**.

La bonne allemande que mes frères et moi surnommions « Éclair » **[p. 80]**.

Les romans que nous parlions et écrivions mes frères et moi **[p. 121]**.

Le 28 octobre 1929, sur le conseil de son ami Georges Bataille, Leiris commence une psychanalyse avec le docteur Adrien Borel. Il rédige alors, sur une feuille volante, une note collée ultérieurement dans le *Journal*. Malgré sa spécificité, cette note marque une étape ultérieure dans la collecte des documents.

(Note remise au Dr Borel, au début de l'analyse)   *Ibid.*, p. 204.

Peur en traversant les rues.

Impossibilité d'apprendre à nager, à monter à cheval, etc.

Découragement complet et cessation de tout travail avant de passer un examen.

Rougir très facilement, la plupart du temps pour rien ; au contraire, ne pas rougir quand il y aurait lieu (cela très souvent).

Pendant très longtemps, m'éveiller la nuit en criant.

Sentiment d'extraordinaire lâcheté. L'idée que dans un événement quelconque nécessitant de ma part un certain courage, je ne serais pas à la hauteur.

Souvenir d'enfance : mon frère aîné à qui j'avais dit que je me masturbais (peut-être pour lui conseiller d'en faire autant) m'avait menacé de le dire à mon père.

Il me semble avoir beaucoup plus de facilité à avouer des choses telles que masturbation, tendance à la pédérastie, etc., que tout ce qui concerne des rapports normaux.

La gêne dont je me plains est apparue sous forme de gêne physique (douleur et contraction anormale d'un des testicules) après une aventure d'ordre pédérastique relatée dans le cahier jaune (fin mars-début avril 1924).

B. UTILISATION DES DOCUMENTS

Après avoir achevé en décembre 1930, la rédaction de *Lucrèce, Judith et Holopherne*, Leiris ébauche un projet qui est déjà, sans en avoir le nom, celui de *L'âge d'homme*.

Projets de mémoires, faits durant cure psychanalytique, après rédaction de *Judith et Holopherne*   *Ibid.*, p. 205-208.

1re période

Enfance — cauchemars **[p. 102-103]**, jeux **[p. 121-122]**, onanisme **[p. 59]**, sentimentalité infantile **[p. 149]**, pleurs **[p. 149]**, rares batailles **[p. 120]** ; « les mauvaises gens » du Bois de Boulogne **[39]**
(cf. article sur Antoine Caron) **[p. 102-103]**

2e période : 1914-1918

Les jeunes gens, les camarades qui s'engagent **[p. 83]** pour « faire une fin », leur départ au Harrar. Le genre tête brûlée : Bouësset, de Raust.

Chez Maxim's avec Villenueva. Apparition du jazz **[p. 161-162]**. La grande cohue demi-mondaine et militaire du théâtre Caumartin **[p. 165]**.

Plates histoires de bordel : initiation ratée (j'ai encore le souvenir des lèvres humides de cette femme sur mon front) **[p. 170]**, Jane Delers, son amie Ninette (« Vous verrez quand vous serez plus vieux, et que votre petite amie vous parlera de ses robes »).

L'histoire du paquet de cigarettes près de Tabarin **[p. 170-171]**.

Soûlographies et vomissures **[p. 169]**.

Le Racing. Vraiment pas sportif.

« De bons bringueurs comme nous. »

Pierre Suleau.

Avant cela, les histoires du « New York : Yvonne Darauze et le coup des 20 francs, Guitta, puis ces deux femmes qui se battent **[p. 170-171]**.

Les histoires du théâtre Caumartin et de la chaîne de montre.

Mado et les baisers mordus sanglants **[p. 146-148]**.

Et pendant ce temps, le cinéma et les petits bistrots avec cette Andrée qui est morte **[p. 171]**.

3e période : l'armistice et la paix

Le club de la villa Montmorency (USABM), les surprises-parties, la soirée ridicule que je donne.

Jacques Dilly et Marise Demay. La grande amitié amoureuse, la chasteté et les premiers appels vers le vagabondage **[p. 161-174]**.

Promenades nocturnes au bois **[p. 162]**. Je travaille comme employé de commerce à la maison Rosambert. Je la plaque, soi-disant pour faire de la chimie. En vérité, pour ne rien faire **[p. 163]**.

Suite des théories sur les « excentricités » (à la base de cela Jacques Lavaud) **[p. 165]**. Feinte (cousue de fil blanc) de suicide : je me sauve en courant, avec un flacon de cyanure de potassium à la main **[p. 167]**.

Pas encore de littérature. Même pas Mac Orlan.

55, rue de la Pompe.

Jacques Dilly se trouve mal chez la cousine de Maryse Demay **[p. 169]**.

Moi, pris d'un accès de fièvre chez D[aisy] S... ; ce qui s'ensuit. Les déguisements **[p. 173-174]**.

4ᵉ période : D[aisy] S... **[p. 175-178]**

Rupture totale avec le reste. Enfoncé dans cet amour, beaucoup plus grand que je croyais alors. Brouille avec la plupart de mes amis.

Altercation avec un ouvrier : j'ai peur. Attaque nocturne : après, rentrant la nuit, j'ai peur **[p. 179]**.

Je me griffe à coups de ciseaux pour me punir de ne pas assez aimer **[p. 181]**.

Comment cette idée de la peur m'envahit et me montre que je suis incapable d'aimer **[p. 179]**. Quels danger serais-je capable de courir ? Quelles douleurs serais-je capable de souffrir ? Ma capacité de sacrifice est dérisoire. *Macao et Cosmage*. Toujours, bien que confuse, l'idée d'un départ, de la fuite, pour se faire une vie plus douce **[p. 178]**. Les ballets russes : Stravinski **[p. 182]**. Influence de Roland Manuel. Commencements de littérature **[p. 177]**. Le théâtre du Vieux-Colombier. *Les nourritures terrestres* lues à La Bourboule. Le projet de ballet avec Valensi. L'Esprit Nouveau **[p. 182]**.

Rencontre de Max Jacob **[p. 187]**.

À ce moment tout change, l'amour bascule et ma vie tourne sur un nouveau pivot. Jalousie de D[aisy]. Elle me trouve trop intellectuel. Lassé de son amour, mais n'osant pas m'avouer ouvertement que je ne l'aime plus, c'est l'amour en général que je condamne. Je deviens mystique **[p. 183]**. J'ai peur de mourir **[p. 177]**, d'autant qu'elle est plus âgée que moi **[p. 181]**.

Mon père meurt **[p. 182]**. Je vais au régiment **[p. 181]**. Je m'y tiens tranquille. Mais je commence à lire beaucoup.

Les dimanches passés à l'hôtel à faire l'amour. Je commence à en avoir complètement assez. Peu après avoir connu Roland **[Tual]**, Masson, Jouhandeau, je me décide à rompre, parce que je m'aperçois clairement que je puis être amoureux de quelqu'un d'autre.

Le père Laberthonnière : comment, désemparé, je vais le voir à la suite de cette rupture.

J'ai tenu à rompre avant ma libération du service militaire, après une promesse de mariage. En vérité, complètement angoissé, à l'idée d'être libéré, pour m'installer, me « faire une vie » avec cette femme. Travailler. Être un employé. L'impression d'étouffer **[p. 182]**.

Après avoir rompu, promenade en taxi avec Max Jacob et André Beaudin. Rencontre de Jastrebzoff à la Galerie Percier.

À ce moment-là, j'avais déjà eu les histoires avec Max Jacob.

J'avais rencontré Rivière chez Roland-Manuel. Il jouait au piano *It's you*. Cela me plaisait tant. Et retourner coucher à la caserne en pensant aux ragtimes.

> « Tandis que nous n'y sommes pas
> Que de femmes... »
> etc.

Grand désir de pauvreté et de bohème **[p. 186]**.

5ᵉ période : la poésie

Comme l'on s'amusait bien !

À ce moment-là, illusion d'un certain courage. Galvanisé par Masson **[p. 185]**.

Vague idée qu'on pourrait braver les tortures et les supplices.

Goût de l'éternité. Sentiment d'être intangible **[p. 188]**.

V. DE *LUCRÈCE, JUDITH ET HOLOPHERNE* À *L'ÂGE D'HOMME*

Leiris a été extrêmement discret sur la genèse de *L'âge d'homme*. Il n'en a parlé que dans des entretiens. Voici ce qu'il en dit en 1968 :

L'origine de *L'âge d'homme*, c'est Georges Bataille avec qui j'ai toujours été très lié qui devait avoir la direction d'une collection de livres érotiques à paraître sous le manteau. Il m'avait demandé de lui donner quelque chose. J'avais d'abord... je n'avais pas refusé catégoriquement mais je ne me voyais absolument pas écrivant un roman érotique. [...] Comme [...] ça m'ennuyait [...] de ne rien lui donner pour cette collection, j'ai fini par lui faire la proposition suivante : « Mais si je te donne des souvenirs, une sorte d'autobiographie touchant à l'érotisme est-ce que ça pourrait t'intéresser ? » Il m'a dit oui. Alors j'ai rédigé le livre en question dont l'armature, enfin le fil conducteur, m'a été fournie comme je l'ai raconté dans le livre par la trouvaille que j'avais faite par pur hasard [...] [de] ces deux admirables tableaux de Cranach [...], *Lucrèce* et *Judith* [...] — la femme qui tue et celle qui se tue. Et c'est comme ça que m'est venue l'idée de répartir en somme entre ces deux figures, ces deux figures opposées et complémentaires, ce que j'avais à dire dans *L'Âge d'homme*. Donc, il y eut une première version qui était faite comme ça. Et puis, la collection ne s'est pas faite parce que ses éditeurs ont eu [...] des ennuis avec la police [...].

Ensuite [...] sur le conseil de Bataille, je me suis fait analyser [...]. Cette psychanalyse, ça m'a donné l'idée de reprendre ce livre qui était resté — je ne dirai même pas sur le chantier, puisqu'il était consi-

M. Leiris, entretien radiophonique avec P. Chavasse, janvier 1968, partiellement publié dans L. Yvert, *Bibliographie des récits de Michel Leiris*, p. 89. D.R.

déré comme achevé — il était resté dans mes tiroirs ; et ça m'a donné l'idée de le reprendre en le développant, en mettant d'autres choses que les choses simplement érotiques. Et c'est devenu *L'âge d'homme*. La première version en constitue le noyau, très légèrement remanié en ce sens que, quand ça devait paraître sous le manteau, je ne m'étais absolument pas gêné au point de vue vocabulaire, alors que pour le livre ordinaire, j'étais obligé, non pas de retrancher mais de gazer un petit peu les expressions. Enfin ! C'est devenu ce livre.

A. *LUCRÈCE, JUDITH ET HOLOPHERNE*

Rédigé à la fin de 1930, *Lucrèce, Judith et Holopherne* n'a pas été publié par Leiris qui n'en a pas moins conservé les trois fiches — « Antiquité », « Lucrèce », « Judith » — sur lesquelles ont été enregistrés les matériaux développés au cours de la rédaction et le double de la transcription dactylographiée de celle-ci. La transcription de la première fiche et du chapitre correspondant — « Antiquité » — permettra d'évaluer le travail de mise en relation et d'interprétation des matériaux expérimenté ici pour la première fois.

1. LES FICHES

Étapes beaucoup plus avancée dans la phase rédactionnelle que ne l'étaient les listes établies dans le *Journal*, les fiches, prises individuellement, se présentent comme le cadre matériel d'une unité thématique — ici l'ensemble du chapitre I. Lorsque le travail de mise en relation des matériaux l'exige, des bandes parfois superposées les unes aux autres assurent l'élargissement du support nécessaire à un complexe système d'ajouts et de renvois. Ne pouvant en aucune façon rendre compte de la méticuleuse manipulation matérielle illustrée par la fiche prise en exemple (cinq papiers collés ont été ajoutés au verso), la transcription n'en reflète ici que le contenu.

Recto :

Transcription du passage de *Faust* qui servira d'incipit à la rédaction finale **[p. 43]**.

Verso :

§ Fétichisme des livres. Parmi ceux auxquels je suis le plus attaché, deux me viennent de ma mère :

un *Racine*, que j'aime surtout à cause d'*Iphigénie* (Clytemnestre défendant sa fille contre Agamemnon son mari) ;

un *Molière*, auteur dont je déteste toutes les œuvres à cause de ce qu'elles ont de bas et de trivial, à l'exception de *Don Juan* (le « grand seigneur méchant homme » ou le libertin châtié ; personnage sadique ; à cause aussi de la statue du Commandeur) **[p. 63]**.

§ En 1927, à Olympie, je n'ai pu résister au désir de me branler sur les ruines du temple de Zeus. Je vois encore mon foutre couler sur la pierre grise. Obscure idée de sacrifice **[p. 58]** (à rapprocher du culte qu'étant adolescents mon ami J. M. et moi avions institué en l'honneur de cette trinité : *Baïr, Castles, Cauda*, ou la bière, les cigarettes « Three Castles » et la queue ; nous sacrifions en commun aux deux premières divinités mais attendions d'être chacun seul pour sacrifier à la troisième. La bière et les cigarettes étaient disposées sur le marbre de la cheminée de ma chambre) **[p. 59]**.

§ De ma première enfance : je disais à ma sœur (ou soi-disant telle) plus âgée que nous nous marierions ensemble et que nous habiterions une maison garnie rien que de meubles de bois blanc et que de ces trois seules images : la Sainte Vierge, Jeanne d'Arc et Vercingétorix (espèce de trinité dans laquelle la Vierge et Vercingétorix devaient représenter le couple parental, et Jeanne d'Arc le fils-hermaphrodite) **[p. 60]**.

(à rapprocher du fétichisme des livres, des images, des musées)

bordel = marchés d'esclaves

BLJD, LRS-MS 19 (1).

Impressions générales sur l'histoire romaine, ét la solennité de l'antiquité et des édifices. Érotisme des constructions de marbre (leur côté salle de bains).

un cul froid et dur comme un édifice romain.

Les matrones dévergondées. Les orgies et les jeux du cirque. Sodome et Gomorrhe ensevelies sous la Mer Morte, si chargée de bitume qu'on ne peut presque s'y noyer et que lorsque Titus y fit jeter des esclaves enchaînés on raconte qu'ils flottèrent à la surface **[p. 56-57]**.

Rêve : je suis couché avec X nue, étendue sur le ventre. J'admire son dos, ses fesses et le revers de ses jambes, tous merveilleusement blancs. En embrassant la fissure de son cul, je dis : *La Guerre de Troie*.

À mon réveil, je pense au mot DÉTROIT, qui sans doute explique tout (détroit = raie du cul) **[p. 61]**.

En dehors de toute question symbolique, le caractère excitant que je confère à l'antiquité vient peut-être de ce simple fait que parmi les premières lectures contenant des épisodes ayant pour moi une valeur érotique figuraient des livres se passant dans l'antiquité, notamment *Fabiola* et *Quo Vadis*. Tout enfant, j'étudiai avec intérêt l'histoire sainte ; un peu plus tard, je me passionnai pour la mythologie classique **[p. 63]**.

2. LE TAPUSCRIT

Composé de vingt-trois feuillets numérotés, le tapuscrit est divisé en quatre chapitres — ɪ. Antiquités, ɪɪ. Lucrèce, ɪɪɪ. Judith, ɪᴠ. Cléopâtre — entièrement repris et largement amplifiés dans les chapitres ɪɪ-ɪᴠ et ᴠɪ de *L'âge d'homme* (p. 53-100 et 136-154).

I. ANTIQUITÉS

Depuis longtemps, je confère à ce qui est *antique* un caractère violemment érotique. Les construc-

BLJD, LRS-MS 21, ff. 1-5.

tions de marbre m'attirent par leur tempérament glacial et leur rigidité. J'aimerais coller mes seins à des colonnes. Très souvent, je désire « un cul froid et dur comme un édifice romain ». La solennité de l'antique me séduit, et aussi son côté salle de bains. Je pense au genre Messaline, aux matrones dévergondées. L'idée de Rome, avec ses orgies et les atrocités des jeux du cirque, me fait bander. Elle est aussi l'image de la force. En ce qui concerne l'antiquité biblique, je ne songe jamais sans émotion à Sodome et Gomorrhe ensevelies sous la Mer Morte, si chargée de bitume qu'on ne peut presque s'y noyer et que lorsque l'empereur Titus y fit jeter des esclaves enchaînés, on raconte que ceux-ci flottèrent à la surface **[p. 56-57]**.

Divers faits illustrent tout ceci :

En 1927, au cours d'un voyage en Grèce, me trouvant à *Olympie*, je ne pus résister au désir de me branler sur les ruines du temple de Zeus. Je me rappelle qu'il faisait un beau soleil, qu'on entendait beaucoup de bruits d'insectes et je vois encore mon foutre couler sur la pierre grise. J'avais nettement l'idée — pas littéraire du tout, mais purement spontanée — qu'il s'agissait d'un *sacrifice*, avec tout ce que ce mot « sacrifice » comporte d'excitant **[p. 58-59]**.

Sacrifices

Je retrouve dans mon enfance un autre exemple de masturbation sacrificielle. Vers l'âge de la puberté, un de mes amis intimes et moi avions institué un culte en l'honneur de cette trinité de notre invention : *Baïr, Castles, Cauda*. Le culte était célébré dans ma chambre, et sur le marbre de la cheminée, qui servait d'autel, étaient disposées la bière que nous buvions en l'honneur de Baïr, dieu de l'alcool, et les cigarettes « Three Castles », que nous fumions en l'honneur de Castles, dieu du tabac. Seul le dieu Cauda, ou la queue, frappé d'un tabou, n'était pas représenté. Jamais, mon camarade et moi, nous ne nous masturbions ensemble et c'était seulement chacun chez soi, et isolé, que nous sacrifiions à cette dernière divinité.

Peut-être ces pratiques étaient-elles un peu teintées de littérature (goût de la mythologie — que j'ai toujours aimée —, histoires genre Lord Byron et banquets où l'on boit du punch dans des crânes), mais ce qui l'est certainement beaucoup moins, c'est le fait qu'au cours d'une de ces cérémonies rituelles, nous nous amusâmes un jour à terroriser une de mes petites nièces, fillette beaucoup plus jeune que nous, en faisant d'abord l'obscurité complète dans la pièce, nous introduisant ensuite des allumettes éteintes, mais encore incandescentes, dans la bouche, et nous identifiant ainsi parés à des divinités terribles de l'espèce de Moloch. Là, nous nous révélions enfantinement sadiques, en même temps que nous faisions obscurément coïncider l'érotisme et la peur, coïncidence par laquelle ma vie sexuelle a sans nul doute été, du plus loin qu'il m'en souvienne, dominée.

En remontant très haut dans mes souvenirs, jusqu'à 2 ou 3 ans avant l'âge de raison, je retrouve la conception d'une trinité comparable à celle de Baïr, Castles et Cauda, en ce qu'elle dénotait déjà chez moi le même ordre de préoccupations « théologiques ». Je disais alors fréquemment à ma sœur aînée, de 13 ans plus âgée que moi, que nous nous marierions ensemble et que nous habiterions une maison garnie rien que de meubles de bois blanc, et ornée de ces trois seules images : la Sainte Vierge, Jeanne d'Arc et Vercingétorix — espèce de trinité dans laquelle la Vierge et Vercingétorix devaient représenter le couple parental et Jeanne d'Arc, peut-être, leur produit hermaphrodite, participant des deux, vierge guerrière que je serais tenté de regarder pour un peu comme préfigurant, grâce à cette double qualité d'être chaste et d'être meurtrière, ces deux images de femmes sanglantes qui sont aujourd'hui dressées dans mon esprit : Lucrèce, la froide et Judith la manieuse d'épée **[p. 59-60]**.

Amour

Rêve fait en 1928 : je suis couché avec *** nue, étendue sur le ventre. J'admire son dos, ses fesses et ses jambes, tous merveilleusement polis et blancs. En embrassant la fissure de son cul, je dis *La Guerre de Troie*. À mon réveil, je pense au mot DÉTROIT, qui sans doute explique tout (détroit = raie du cul).

Cette phrase « la guerre de Troie » sent à plein nez l'archéologie et le musée. Et de fait, le musée est pour moi un excitant presque aussi violent que l'antiquité. Dans un musée, il me semble toujours que certains recoins perdus doivent être le théâtre de lubricités cachées. Il serait bien aussi d'enculer une belle étrangère à face-à-main, en contemplation devant quelque chef-d'œuvre. Elle resterait, apparemment, aussi impassible que la fellatrice professionnelle qui, après avoir consciencieusement travaillé, recrache bruyamment votre sperme dans le lavabo ou le bidet, puis se brosse vigoureusement les dents et crache encore, avec un bruit mou qui tout ensemble vous fait jouir et vous fait froid au cœur **[p. 61]**.

Bordels et musées

Rien ne me paraît ressembler autant à un bordel qu'un musée. On y trouve le même côté louche et le même côté pétrifié. Dans l'un, les Vénus, les Judith, les Suzanne, les Junon, les Lucrèce, les Salomé et autres héroïnes, en belles images figées. Dans l'autre, des femmes vivantes, vêtues de leurs parures traditionnelles, avec leurs gestes, leurs locutions, leurs usages tout à fait stéréotypés. Dans l'un et l'autre endroit on est, d'une certaine manière, sous le signe de l'archéologie et si j'aime le bordel c'est parce qu'il participe lui aussi de l'antiquité, en raison de son côté marché d'esclaves, prostitution rituelle.

Le rêve de la « guerre de Troie » me paraît donc l'image même du bordel, dans toute sa solennité.

Telles sont les valeurs érotiques que j'associe à l'*antiquité*. Toutefois, en dehors des facteurs symboliques, des éléments d'ordre fortuit ont pu m'influencer **[p. 62]**.

Lectures édifiantes

Les livres illustrés qu'étant adolescent je prenais subrepticement dans la bibliothèque de mon père pour me masturber étaient ordinairement des livres qui traitaient de sujets antiques, tels *Aphrodite* de Pierre Louÿs, *Thaïs* d'Anatole France. La lecture de *Quo Vadis*, d'Henri Sienckiewicz, m'avait aussi beaucoup frappé, notamment le passage où une orgie romaine est décrite.

Je me rappelle également une gravure en couleurs illustrant un livre de *Contes*, de Jean Richepin. On y voyait une magicienne nue, à la peau blanche, aux cheveux noirs, au visage dur, aux fortes hanches et aux belles cuisses, debout auprès d'un canapé de viandes crues et sanguinolentes sur lequel elle devait se coucher — ou faire coucher quelqu'un en vue d'une opération de nécromantie **[p. 63]**.

Ici, nous touchons de près à Judith...

Œdipe et Jocaste

Sans être aucunement bibliophile, j'ai un soin fétichiste de mes livres. Parmi ceux auxquels je suis le plus attaché, deux me viennent de ma mère :

un *Racine* que j'aime surtout à cause d'*Iphigénie* (Clytemnestre en lutte contre Agamemnon son mari, pour défendre Iphigénie qu'Agamemnon veut sacrifier) ;

un *Molière*, auteur dont je déteste toutes les

œuvres à cause de tout ce qu'elles ont de bas et de trivial, à l'exception de *Don Juan* (le « grand seigneur méchant homme » ou le libertin châtié, personnage sadique ; la terrifiante apparition finale de la statue du Commandeur, blanche comme plâtre et dure comme l'antiquité).

La tendresse que je reporte de ma mère à ces livres, et de ces livres pris en tant qu'objets à leur contenu, est de nature à avoir confirmé la signification érotique que j'attribuai de très bonne heure à l'antiquité, contribuant ainsi à la production du trouble que je ressens aujourd'hui devant l'image de ces deux majestueuses héroïnes, l'une romaine, l'autre biblique : Lucrèce et Judith **[p. 67-68]**.

B. *L'ÂGE D'HOMME*

Au moment où il décide de développer *Lucrèce, Judith et Holopherne*, Leiris élargit le domaine de la collecte en débordant le domaine érotique. Il rédige alors une série de fiches-souvenirs dont on trouvera ici un exemple :

THÉÂTRE

Paillasse au cours de la représentation duquel je croyais qu'on tuait effectivement une femme **[p. 45]**.

J'associais cela aux duels sous Louis XIII, que je prenais pour des manifestations sportives pour gladiateurs **[p. 46]**.

Au Châtelet — *Le tour du monde en 80 jours*[1]. Panique en revenant en bateau-mouche : « Je ne veux pas que ça saute... Je ne veux pas que ça saute[2]... » **[p. 46]**.

Je fais dans ma culotte au théâtre du Musée Grévin. On m'emmène, dans la puanteur et la honte **[p. 46]**.

Ma sœur me parle du page Drogan (rôle travesti) de Geneviève de Brabant. Je dessine un lapin en

Document inédit publié avec l'aimable autorisation de Jean Jamin.

uniforme, et amplement médaillé, je le baptise :
« Drogant, roi des lapins, en tenue du campagne et
de revue. »

1. Un membre du « Club des Excentriques »
parle de supprimer les escaliers. L'image de l'esca-
lier est pour moi la logette du souffleur. [Note de
M. Leiris.]
2. Je dirais maintenant de même : « Je ne veux
pas qu'il y ait la guerre » [p. 46].

VI. L'*ESCRIVAILLERIE* COUPABLE

Avant même qu'il fût publié, la circulation du manuscrit remis à Malraux en décembre 1935 suscita des réactions qui conduisirent l'écrivain à justifier ultérieurement son projet.

Je voudrais que mes amis se rendent bien compte que L'*âge d'homme* est une liquidation. Si j'ai fait mon portrait avec tant de minutie, en me montrant si vil, ce n'est pas par complaisance mais avec sévérité et comme un moyen de rompre. Ce que m'a dit Picasso, de mon portrait physique du début : « Votre pire (ou meilleur) ennemi n'aurait pas fait mieux ! » Il est insensé qu'on puisse se méprendre sur la signification de ce livre au point d'y voir une pure revendication égoïste, une façon désinvolte de rabaisser les autres au rôle de comparses. Je ne parle que de moi, c'est entendu, et des autres qu'en fonction de moi-même, mais c'est justement de cet égocentrisme que je souffre et d'une telle attitude que j'ouvre le procès, mais j'y présente toutes les pièces à conviction, ce qui est le commencement normal de tout procès. Qu'on me reproche mon attitude égoïste, soit ; mais qu'on me reproche d'avoir écrit ce livre (comme si, ce faisant, je m'affermissais dans un tel égoïsme) c'est ce que je ne comprends pas.

J, 7 janvier 1936, p. 298.

La définition de la métaphore tauromachique, la participation aux activités du Collège de sociologie posent dans des termes nouveaux la question de la littérature autobiographique :

[...] Tricherie de la confession et de la littérature de confession : quand on se confesse, c'est moins pour dire la vérité que pour jouer au personnage

J, 22 janvier 1936, p. 317.

touchant. D'ailleurs, on ne dit jamais tout. Façon aussi dont on arrange les choses en employant un certain ton de voix.

Pas de *catharsis* au moyen de la confession. Pour qu'il y ait catharsis il faut que ce que l'on a à dire prenne une forme, sorte de la psychologie. En ce sens, il n'y a que la poésie, le lyrisme qui permette une catharsis.

[...] Si, à un moment donné, j'ai fait de la littérature de confession, c'est en raison de l'« acte » que représentait cette confession : se montrer tel qu'on est, pour ne plus tromper personne ; se mettre à nu ; mais maintenant j'ai horreur de la confession qu'on fait toujours plus ou moins avec l'idée de toucher ou de se faire absoudre.

En 1940, Leiris commence *Biffures*. Objet de son enquête ces « faits de langage » dont, en 1938, dans « Le sacré dans la vie quotidienne », il avait dit qu'ils lui donnaient la « perception aiguë de l'existence d'un règne distinct, réservé, sans commune mesure avec le reste ». Tout cela est-il bien sérieux face à la gravité des événements ? Cinq ans plus tard, la préface « De la littérature considérée comme une tauromachie » confirmera la réponse, bien sûr, positive.

Il y a, certes, quelque chose de risible (voire que d'aucuns n'hésiteraient pas à qualifier d'odieux) dans mon obstination à poursuivre cette recherche sans rapport direct avec la crise pourtant tragique que le monde traverse aujourd'hui[1]. Mais n'est-ce pas dans le moment même que tout est remis en question qu'on éprouve, avec le plus d'urgence, le besoin de faire le point en soi-même ? C'est maintenant ou jamais, en effet, qu'il me faut être fixé sur ce à quoi vraiment je tiens, ce *pour* quoi ma vie peut valoir d'être vécue, ce au regard de quoi je ne veux

B, p. 200-201.

1. Les Alliés viennent de débarquer.

pas démériter — en d'autres termes : cette image de moi-même que je m'efforce d'imposer aux autres, du moins à *certains* autres que j'aime et que j'estime, qui seront mes témoins choisis. Image dont j'exige qu'elle soit ressemblante et à laquelle surtout je fais ce que je puis pour ressembler. Car à quoi bon être présent dans la tête et le cœur d'autrui si je sais n'exister en eux que sous un aspect emprunté ? Pareil à l'amant soucieux de n'être aimé que « pour lui-même », c'est moi tel que je suis — et non un étranger — que je vise à faire accepter. À rien ne servirait d'user de fausse monnaie pour le règlement de ce compte, à rien ne servirait de tenter de donner le change : il me faudra, littéralement, *payer* de ma personne si j'ai conclu ce marché qui est commerce avec moi-même autant que transaction avec autrui.

VII. LECTEURS DE *L'ÂGE D'HOMME*

A. L'ÉDITION DE 1939

Publié, en juin 1939, à la veille de la « drôle de guerre », *L'âge d'homme* ne semble avoir eu alors d'autre compte rendu que celui de Pierre Leyris, publié le 1ᵉʳ décembre 1939 dans *La Nouvelle Revue française*.

Il est des heures de la journée, des phases de la vie et des moments du monde où l'homme abandonne le souci de créer pour le soin plus urgent d'un retour sur lui-même. Ce retour peut être un long voyage et la consignation attentive de ses étapes peut devenir, comme par mégarde, création : de là ces ouvrages essentiels, éléments d'une haute hygiène, doués d'une si grande efficacité libératrice pour leur auteur, mais aussi d'une valeur de renseignement et d'un pouvoir d'exhortation incomparables pour ses lecteurs. Je puis bien dire : pour ses frères, car le débat public, enfin, du « qui je suis » peut certes s'interpréter comme un appel à l'effort confraternel vers la connaissance de soi-même et de son prochain.

Ce débat ouvert en toute honnêteté, si souvent entaché d'impureté, de pose et, plus souvent encore, d'une orgueilleuse impatience qui entraîne à feindre je ne sais quelle révélation, ce débat, je ne crois pas qu'on puisse le mener avec plus de modestie et de dépouillement que Michel Leiris [...].

P. Leyris, *NRF*, 1ᵉʳ décembre 1939.

Nous disposons cependant de deux témoignages d'André Masson et de Jean-Paul Sartre qui soulignent l'importance qui lui fut accordée dès 1939. On remarquera la qualité de la lecture « à chaud » d'André Masson qui met d'emblée l'accent sur les éléments les plus importants de l'ouvrage.

Je trouve *L'âge d'homme* très important. Tu places l'accent sur l'essence de l'angoisse : la certitude de l'homme d'être enfermé dans *sa* finitude. Enfermé dans l'arène-labyrinthe, se débattant et s'embrouillant dans ses propres viscères il cherche une issue qui ne peut être que sa *propre* fin. Naturellement Éros tient le premier rôle dans cette tragédie mais Freud est dépassé. Tout cela jaillit merveilleusement de ton livre qui dépasse de beaucoup la traditionnelle « autobiographie ».

[...] Je t'écrirai plus longuement, mon vieux — dans quelques jours — je veux te reparler de ton livre qui m'enthousiasme.

A. Masson, *Les années surréalistes. Correspondance 1916-1942*, édition établie, présentée et annotée par F. Levaillant. La Manufacture, 1990, p. 429.

Il a fallu la guerre et puis le concours de plusieurs disciplines neuves (phénoménologie, psychanalyse, sociologie), ainsi que la lecture de *L'âge d'homme*, pour m'inciter à dresser un portrait de moi-même en pied.

J.-P. Sartre, *Carnets de la drôle de guerre*, Gallimard, 1983, p. 175.

B. LA RÉÉDITION DE 1946

Ce n'est qu'en 1946 que voit le jour la première grande interprétation de *L'âge d'homme*. Dans « Regards d'outre-tombe », Maurice Blanchot attire d'emblée l'attention sur le paradoxe qui unit chez Leiris le besoin de se confesser à une encore plus profonde impossibilité de parler.

Parler, l'auteur ici l'a voulu délibérément, et avec un souci de maîtrise, une sévérité d'examen qui n'autorisent pas la démesure d'un langage sans frein. Cependant, en parlant, son but est encore de donner la parole à ce qui en lui ne parle pas, de forcer le silence de ce qui veut se taire. *L'âge d'homme* est justement ce moment de la maturité où au règne de l'intimité silencieuse, du mutisme en soi et sur soi qui est celui de l'enfance et de l'adolescence, il est brutalement mis fin par une parole exigeante, explicative et dénonciatrice. À la complaisance du silence

M. Blanchot, « Regards d'outre-tombe », in *La part du feu*, Gallimard, 1949, p. 251-254.

qui est la faute du premier âge, l'âge d'homme sub-
stitue la complaisance du langage, la faute qui veut
se reconnaître pour faute, et par là retrouver l'innocence, l'innocence de la faute.

Le livre de Michel Leiris n'est en rien un vertige, il
se refuse à la spontanéité des confidences à
bouche ouverte où le fond se révèle avec la force
incoercible d'humeurs se frayant un chemin vers le
dehors. Pour écrire cette vie « vue sous l'angle de
l'érotisme », il nous le dit, il s'est imposé des règles.
Il ne s'est pas confié à l'élan des souvenirs ni à la
simple succession chronologique. Comme tout
auteur d'autobiographie, il veut ressaisir sa vie, « la
ramasser en un seul bloc solide », mais il le fait par
le moyen d'une vue ordinatrice, d'une clairvoyance
préalable qui dispose cette existence selon les
thèmes profonds qu'elle y a reconnus. Ces règles
strictes, cette discipline qu'il observe et dans
l'expression et dans l'interprétation de soi, c'est tout
cela qui lui semble assurer à son entreprise la plus
grande chance de vérité et la rendre la plus semblable aux jeux tauromachiques où le combat force
la menace surgie de l'instinct à se composer avec
un cérémonial auquel rien ne peut être changé. Le
paradoxe de ces Confessions, si c'en est un, vient
donc de ceci : l'auteur les sent dangereuses pour
lui-même, non en raison de leur licence et de leur
mouvement déréglé, mais à cause de la rigueur des
règles qu'il s'impose pour les écrire et l'objectivité
lucide qu'il veut atteindre en les écrivant. La franchise qui dit tout ne dit qu'elle-même, et elle le dit
peut-être par hasard. Mais la franchise qui se
réserve pour tout dire dit aussi la réserve à partir de
laquelle elle parle, qui l'oblige à parler, lui en fait un
devoir, en lui interdisant tout désaveu, toute reprise
et toute excuse. Le ton « objectif » de L'âge
d'homme, la froideur vigilante, parfois presque
compassée, qui s'y fait jour répondent au « Je ne
veux pas parler » souterrain, sont comme l'écho de

la timidité dont il a été fait mention, de cette réticence foncière qui d'abord empêche puis rend folle toute communication. Mais ici, le vertige est devenu lucidité et l'angoisse est sang-froid.

L'âge d'homme est un essai d'interprétation de soi, où le détail des goûts, le hasard de la conduite, toute la poussière anecdotique de la vie, tenue généralement pour insignifiante, est rapportée à des thèmes autour desquels s'organise le sens profond de l'existence. Tentative fort différente d'une autobiographie ordinaire et d'autant plus significative qu'elle échappe au piège des explications causales et des vues systématiques, comme celle de la psychanalyse ou même de l'interprétation, de la compréhension à tout prix. Il y a là une mesure et une maîtrise rares : souci de se voir qui n'altère pas la vue, pouvoir de se comprendre qui ménage les mouvements peu compréhensibles, sentiment du tragique de la condition humaine entrevu à travers ses propres difficultés, sans que celles-ci en soient exaltées ni abaissées.

Après la publication de *Fourbis*, l'œuvre de Leiris est reconnue comme l'une des plus importantes de son temps, en particulier par les futurs « nouveaux romanciers ». Michel Butor en souligne le caractère continu et inéluctablement inachevé.

« Il faut changer la vie. » [...] De la phrase de Rimbaud [...] Leiris retient surtout ce corollaire : « il faut changer *sa* vie », et il va s'efforcer d'en tirer toutes les conséquences. Une conversion n'est pas suffisante ; il ne s'agit pas seulement de prendre la décision d'orienter son avenir dans une direction différente de celle qu'il semblait devoir suivre, mais il faut aussi faire de son passé autre chose que ce qu'il demeurerait inévitablement si on le laissait en paix, une source d'obscurités et d'erreurs, la série confuse et opaque des expé-

M. Butor, « Une autobiographie dialectique », in *Essai sur les modernes*, Gallimard, coll. « Tel », 1992, p. 262 et 266.

riences d'un de ces individus noyés dans une irresponsable foule, autre chose, c'est-à-dire une source de connaissance ; il faut en extraire tout l'enseignement.

[...] Le tableau de Cranach avait permis à Leiris d'organiser son passé selon le point de vue de la sexualité. *L'âge d'homme* représente à cet égard un effort de *catharsis* dont l'efficacité est amplement démontrée par le caractère d'épanouissement et de maturité de l'œuvre qui l'a suivi. Or, dans la mesure même où la tentative de changer sa vie en racontant son passé réussit, le « je » lorsqu'il termine l'entreprise n'en est plus au même point que lorsqu'il l'avait commencée, et donc il voit les mêmes événements d'une façon différente ; il a autre chose à en dire ; ce sont d'autres souvenirs qui le sollicitent, ou d'autres oublis. Dès lors, une fois *L'âge d'homme* publié, dans la mesure même où il réalise le dessein qui lui a donné naissance, il est entièrement à refaire. Cet objet fort mal connu, cet homme au nom de Michel Leiris, qui a déjà été décrit fort partiellement, il est vu maintenant sous un autre angle. Tout ce qui a été dit demande correction, biffure, et dans la mesure où cette correction sera efficace, dans la mesure où elle éclairera, libérera, transformera son auteur, lui permettra de s'approcher de cet accord avec lui-même qu'il recherche, effacera ses malentendus intimes, elle provoquera d'autres biffures. On se trouve par conséquent devant une tâche fondamentalement inachevée, qui ne peut être interrompue que par quelque chose qui lui est extérieur, qui est extérieur à la vie même de son auteur, que par la mort de celui-ci.

Sensible à la représentation d'un sujet qui ne cherche pas « l'impossible coïncidence entre son image et soi », le psychanalyste J.-B. Pontalis souligne le travail de la mort à l'œuvre dans *L'âge d'homme*.

Nul ouvrage mieux que *L'âge d'homme* — c'est ce qui lui assure son originalité décisive — n'a montré que le moi est un objet psychique, qui doit être « réduit » sans jamais pouvoir l'être. À l'inverse des littérateurs qui, dans un mélange puéril d'exaltation et de mauvaise foi, se croient ce qu'ils écrivent, Leiris, alors même qu'il rapporte les rêves qu'il entretient sur sa personne, en désamorce les pièges. Décrivant son individu comme il le ferait d'une mythologie, il découvre son propre moi comme la racine de cette mythologie, mythe soi-même dans lequel il s'interdit de s'aliéner. La décentration n'est pas pour lui un artifice expérimental mais ce qui fait l'homme, règle originelle de son *jeu*. C'est à tirer les conséquences de cette règle qu'est vouée l'œuvre de Leiris.

J.-B. Pontalis, « Michel Leiris, ou la psychanalyse sans fin », in *Après Freud*, Gallimard, coll. « Tel », p. 320 et 327-329, 1993.

[...] Pour ne point succomber à un vertige, à un objet vertigineux, pas d'autre recours que la fuite. Rupture, liquidation, départ. La cure psychanalytique que Leiris commença après *Aurora* (et sur laquelle il se montre fort discret) dut être entreprise avec cette résolution de tout planter là, et d'abord de détruire le moi, d'échapper à ses mirages comme à la fascination de la mort. De même le voyage en Afrique, qui se révèle être une confrontation de fantômes plutôt que l'avènement d'une vérité [...]. C'est que toute tentative de rupture radicale se nourrit d'un désir impossible : être mort et s'en apercevoir ; contradiction que résout imaginairement le mythe du double et qui fascine dans l'*idée* du suicide (non dans son accomplissement, car il n'y a pas de mort privilégiée). Et puis, pour vraiment rompre, il faudrait déterminer par-devers soi une vérité qui permettrait de dénoncer le masque, le faux-semblant, le reflet ; autrement ce n'est qu'une nouvelle fuite, un mirage répété.

Aussi est-ce de biais et une fois consommé l'échec d'une rupture, d'un « suicide » que Leiris dans *L'âge d'homme* aborde sa propre mort. Renonçant à jouer des équivoques de la passion narcissique, qui sont celles de la littérature, mais se gardant d'ignorer leur piège, Leiris [...] tire franchement les conséquences de la définition de l'ego comme alter ego, « suicidant » en quelque sorte le moi en le constituant et l'interprétant comme autre. C'est alors, Blanchot l'a noté, un « regard d'outre-tombe » que Leiris porte sur lui-même. Regard beaucoup plus impitoyable — et qui, parce que impossible à récuser, vous met en posture de coupable — que celui d'un autrui concret, toujours à la fois complice et traître. Ici comment ne pas admettre que *je* suis ce qu'*il* pense de moi ? De cette confrontation entre un moi objectivé et une « troisième personne » — la mort —, dimension à laquelle Leiris se mesurait, devait naître la possibilité pour *je* « première personne », jusqu'ici méconnue ou pervertie ou simplement infléchie par le cours des choses, de prendre la parole.

Au même moment, Maurice Nadeau publie dans les *Lettres nouvelles* la première étude d'ensemble sur l'œuvre de Leiris : *L'âge d'homme* en est le pivot.

L'âge d'homme se tient au milieu de son œuvre. Il en est le pilier central. Ses ouvrages précédents préparaient la venue de ce livre qui n'a pas d'équivalent dans la littérature contemporaine ; les ouvrages qui suivent en procèdent. C'est *L'âge d'homme* qu'il faut examiner d'abord et d'un peu plus près.

M. Nadeau, *Michel Leiris et la quadrature du cercle*, Julliard, 1963, p. 21.

Nous savons [...] ce qu'il avait voulu que fût cet ouvrage, en soi et pour l'auteur lui-même : un *acte*, et un acte qui engagerait écrivain, lecteur et littérature, qui les *compromettrait*. Le moyen de cette compromission se confond avec son but : dire la vérité. La vérité sur Michel Leiris, sur ses proches, sur l'homme et sur le monde. On mesure l'héroïsme de cette tentative aux premiers mots qu'elle suscite et que même Rousseau n'eût pas osé tracer : « Je viens d'avoir trente-quatre ans [...], etc. », non seulement parce qu'ils mèneront à révéler des détails gênants, inavouables, mais parce qu'ils introduisent un inhabituel souci d'observation scientifique qui recule dès l'abord les limites permises à la confession. Il s'agit d'autre chose que de développer les replis d'une « âme » ou de confesser des « sentiments » fussent-ils aberrants. À cela se résolvent volontiers les consciences les plus noires sans qu'il leur en coûte quelque dommage. Les secrets du physique, fussent-ils apparents, sont autrement difficiles à avouer, dans la crainte qu'ils n'entraînent le ridicule, le dégoût ou le mépris. Si Michel Leiris commence par les révéler c'est afin de briser la plus forte censure qui soit à la volonté de faire toute la lumière sur un être. Une fois passé ce seuil qui, comme dans les rites d'initiation, ouvre la porte à une nouvelle nature, plus rien ne pourra résister à l'enquête, toutes les défenses tomberont une à une.

C. LA RECONNAISSANCE DES ANNÉES SOIXANTE-DIX

En 1973, Robert Bréchon publie la première étude consacrée exclusivement à *L'âge d'homme*. Dans ces lignes, il en étudie « le ton objectif et le style poétique ».

Pourtant, dès le début, malgré ce ton réservé et un peu feutré, on sent la présence aiguë d'une subjectivité à l'affût, tendue vers l'autre et vers elle-même, prise dans un double mouvement contradictoire de don de soi et de refus. À mesure qu'on avance dans la lecture, cette tension et cette complexité du style s'accentuent, dans une sorte de lent crescendo, jusqu'aux pages centrales où Leiris évoque ses Judith sur un ton qui n'a plus rien d'objectif ni de

R. Bréchon, « *L'âge d'homme* » de Michel Leiris, Hachette, coll. « Poche critique », 1973, p. 80-81.

neutre, atteignant alors au contraire la « démesure » que, selon lui (dans la préface), le « classicisme » n'exclut nullement.

En général, l'affleurement ou l'éclatement, dans un contexte « objectif », de la subjectivité de l'auteur, coïncide avec le passage au style périodique : la phrase se développe, se déplie, se ramifie, parfois à l'extrême, jusqu'à recouvrir une page entière grâce aux incidentes, aux incises, aux parenthèses, etc. Ce style subjectif s'organise sur plusieurs registres différents, traduit diverses expériences. Il correspond d'abord au mouvement de recherche scrupuleuse et parfois inquiète qui, par bien des méandres, conduit Leiris vers la découverte de la vérité, de sa vérité — de son temps retrouvé. Dès les premières pages, d'ailleurs, c'est ce souci presque maniaque du fait ou de l'explication juste qui alerte le lecteur, comme si dans ce ton trop uni il y avait une secrète fêlure. [...]

Le style subjectif peut encore traduire une autre intention, voisine d'ailleurs de la précédente, proche aussi de l'intention qui est à l'origine du style objectif : le désir de lucidité, le refus d'être dupe, de se payer de mots [...]. Leiris sait mieux que quiconque que l'écriture n'est pas innocente, qu'elle n'est pas vraie, qu'elle ne reproduit pas le réel. Il a, au départ, la nostalgie d'une écriture blanche où l'empreinte des faits s'inscrirait d'elle-même, mais il sait que cette virginité est impossible. Alors, faute de pouvoir coïncider totalement avec sa parole, il prend du recul par rapport à elle, la raille ou l'humilie : cette démarche est celle de l'humour ou de l'ironie. Divers procédés expriment cette suspension non plus du jugement, mais de l'adhésion.

En 1975, Philippe Lejeune publie les deux grands essais, *Lire Leiris* et *Michel Leiris. Autobiographie et poésie*, à partir desquels se multiplient les études qui confirment la grandeur de l'œuvre et la place inaugurale que *L'âge d'homme* y occupe.

Il analyse ici les images de l'*entassement*, du *classement* et de la *fermeture* à travers lesquelles sont mis en scène les fantasmes sexuels et de la scène originaire, objets d'une vertigineuse lecture « mot à mot » des trois premiers chapitres de *L'âge d'homme*.

L'entassement (la collection)

La première fonction attribuée à l'écriture est celle du *rassemblement* (p. 29 : « *fixer* ici, en quelques lignes, ce que je suis à même de *rassembler* en fait de *vestiges...* »). [...] Le *lieu* du rassemblement est indiqué trois fois de suite : « pour moi », « ici », « en cet instant », par le sujet de l'écriture autobiographique. Le rassemblement est évoqué avec la connotation, habituelle dans le discours autobiographique, de l'archéologie (les « vestiges ») ; il est censé remédier à la dispersion (ces souvenirs *échelonnés* sur *divers stades* de mon enfance), à une espèce de démembrement. Ce rassemblement dans l'écriture fait penser au rassemblement du corps dans la constitution du moi, chez l'enfant, qui rapporte à un sujet unique, « moi », dont l'image lui a été suggérée par le miroir et attestée par autrui, toutes les sensations dispersées. On est passé de l'espace au temps, et du corps à l'écriture. Dans les deux cas, le rassemblement du moi manifeste, en même temps qu'il essaie de la compenser, la coupure qui est à l'origine même de l'existence d'un moi. « Échelonné » à un « stade » ultérieur à l'enfance, on pense surtout, devant l'activité autobiographique de Leiris, à toutes les conduites, typiques du stade anal, d'avarice et de possession, à la manie de la *collection* (mot synonyme de rassemblement), dans laquelle les objets collectionnés et capitalisés jouent à leur tour le rôle d'image du moi sur laquelle on affirme sa possession et son contrôle. Quand l'objet collectionné est l'écriture, et que cette écriture se donne fonction explicite de constituer (journal intime) ou de rassembler (auto-

P. Lejeune, *Lire Leiris. Autobiographie et langage*, Klincksieck, 1975, p. 46-51.

biographie) l'image du moi, on a affaire à la Collection par excellence, dont toutes les autres ne sont que des substituts. Ce désir de collection n'a de sens que par rapport à un autre fantasme, celui de l'*objet égaré* — qui représente la lacune que la collection se donne l'impossible et indéfinie tâche de combler. Ici, dans *L'âge d'homme*, ce désir de possession est évoqué par le terme de « galerie » (musée où l'on rassemble les collections de vestiges), par l'image du « rosaire » — « susceptible d'être tenu dans la main », et le signe des fougères qui « condense tout mon univers » (p. 41) [...].

Le classement (le signe)

Un tas se désagrège ; pour que les éléments accumulés puissent « prendre », se mettre à tenir ensemble, à former un « corpus » digne de ce nom, c'est-à-dire un organisme, il faut retrouver l'*ordre* qui les fonde. [...] Dans *L'âge d'homme*, [...] cet ordre à trouver entre les éléments est conçu non comme une chaîne causale, mais comme une série magique. [...] En remontant à des faits lointains, le plus lointains possible (« [...] certains faits précis, les uns dont je n'ai jamais méconnu l'influence [...] les autres dont la signification plus secrète ne m'est apparue que fortuitement [...] », p. 41), Leiris entend surtout instituer une sorte de patronage symbolique et comme astrologique. L'événement premier d'une série répétitive se voit investi d'une causalité d'ordre magique. Il ne s'agit pas d'un phénomène de transformation, de productivité, mais d'une pure répétition, de l'engendrement indéfini du même. On voit, à un premier niveau, la fonction de cette attitude : elle a l'air diachronique et explicative, alors qu'elle est purement tautologique, et bloque toute interprétation. Psychologiquement, elle est entièrement justifiée par la nature répétitive des fantasmes et des conduites : elle institue une vaste synchronie qui remonte jusqu'à l'enfance. [...]

Dans une série répétitive de symptômes, on remonte à celui qui apparaît être chronologiquement le premier de la série, et on le baptise « cause » de tous les autres : toute remontée en deçà de ce premier élément devient alors inutile (blocage et fixation). Cette « causalité » ne pouvant être causale, est conçue en termes magiques : d'où l'idée d'influence, c'est-à-dire finalement le type de causalité astrologique de l'ascendant du « signe » [...]. Cet usage du signe [permet à] Leiris d'échapper à toute explication qui serait une réduction à un terme extérieur à la série et antérieur à elle, terme premier dans lequel l'explicateur verrait une origine [...]. Il échappe ainsi à la naïveté du déterminisme et à l'illusion du « terme premier » [...]. La recherche, reprise sur nouveaux frais dans *La règle du jeu*, l'a amené à ne plus se satisfaire d'aucune figure éponyme de l'origine : en multipliant les signes et en remontant aussi loin que possible, il a été conduit à s'interroger sur l'idée d'origine, c'est-à-dire de coupure ou de manque ; et à découvrir non pas la mythique puissance causale du 1 mais la répétition du 0.

La fermeture (le cadre)

Ce tout, structuré par un système magique de « signification », le désir naïf et premier est de le fermer [...] : « ils sont le cadre — ou des fragments du cadre — dans lequel tout le reste s'est logé » (p. 41). [...] Mais [...] ce que ce texte-cadre énonce, une fois qu'on arrive à le déchiffrer, ce n'est rien de plein ou de fondamental [...], mais uniquement l'énoncé d'un manque originel, d'un trou : [...] l'incise renvoie, sur le plan explicite, aux trous de mémoire qui ont empêché Leiris de restituer l'ensemble, mais nous pouvons lire que cette fracture qui fragmente n'est pas accident arrivé à un « cadre » plein à l'origine, mais l'essence même du cadre, et que c'est elle qui constitue le tableau. Conjuré à l'extérieur, par cette illusion de cadre, cette « fracture » de toute façon n'en finira pas de réapparaître à l'intérieur du tableau, le minant, l'empêchant d'être jamais achevé [...], de se refermer. [...] La fin de *L'âge d'homme*, bouclée (ou bâclée) par deux rêves, n'est pas une fin : elle appellera ensuite une préface ultérieure, des notes, et surtout une nouvelle autobiographie, en trois volumes, en attendant le quatrième, qui ne sera peut-être pas le dernier, puisque le mot de la fin (comme le mot de l'origine) est impossible à écrire.

De son côté, R.-H. Simon démontre comment *L'âge d'homme* part de l'expérience pour arriver aux signes (essentiellement iconiques) alors que *La règle du jeu* partira des signes (essentiellement linguistiques) pour tenter de retrouver l'expérience.

[...] *L'âge d'homme* est dominé de bout en bout par des images d'ordre visuel. L'œuvre s'inscrit sur huit panneaux où sont privilégiées les figures de Lucrèce et Judith, rencontrées au hasard d'une recherche bibliographique « au début de 1930 ». Ce qu'il y a d'apparemment fortuit dans une telle rencontre indiquerait que l'œuvre en latence attendait pour se réaliser, dans l'inconscient de l'auteur, les signes autour desquels elle se cristalliserait. Ces deux pendants d'un même tableau de Cranach sont la clé de voûte et, en même temps, l'origine du texte, modèle archéologique à partir duquel se fonde un savoir personnel nouveau qui s'exprime et s'essaie (dans le sens montanien) dans l'œuvre sur des matériaux anciens. [...]

    [...] En évoquant les figures de Lucrèce et Judith, l'auteur nous prévient qu'il craint d'y avoir « attaché, arbitrairement peut-être, un sens allégorique [...] » (p. 41), alors que plus loin, il dira : « J'ai toujours été séduit par les *allégories*, leçons par l'image en même temps qu'énigmes à résoudre [...] » (p. 53).

R.-H. Simon, *Orphée médusé. Autobiographies de Michel Leiris*, Lausanne, L'Âge d'homme, coll. Lettera, 1984, p. 38-39 et 43.

Cet « arbitraire » qu'il soupçonne une fois de plus dans son attitude à l'égard des deux femmes du tableau de Cranach s'étend à toute image, allégorie, symbole, qui deviennent dans l'imaginaire de Leiris à la fois *signe* et *sens*. Il se transpose aussi, et c'est là ce qui doit nous arrêter, au niveau du texte autobiographique. La trame de l'œuvre est telle que le signifié, le moi-en-situation de l'auteur, appelle un signe ; mais qu'à son tour, le signe, débordant la fonction qui lui était assignée, appelle des sens qui n'y étaient pas et ne pouvaient être pressentis jusqu'à ce que l'écriture apparaisse ; jeux d'échos, de correspondance, fondés sur la polyvalence ou, mieux encore, la polysémie des signes choisis, d'autant plus qu'ils éveillent ou suggèrent une mémoire vécue qui les charge de valeurs singulières [...].

Après avoir analysé l'unité de la fascination qu'elles exercent sur Leiris — l'ambiguïté de leur érotisme vertueux et violent à la fois — Guy Poitry reconduit Lucrèce et Judith aux figures de la dualité autour desquelles se construit l'ensemble de l'œuvre, déchirée par l'impossible union du gauche et du droit.

Ce qui se dégage *d'abord* du diptyque, c'est une impression analogue, exaltante. Mais si l'on s'efforce d'aller au-delà de ces similitudes, si l'on se détache du tableau pour aller dans la lecture des légendes, la différence éclate, entre ces deux gestes meurtriers, l'un dirigé contre soi, l'autre contre autrui. Alors se dessine toute une série de couples opposés, dans lesquels Lucrèce représente celle qui est agressée, blessée, violée, la victime pure et douce, Judith celle qui agresse, la « meurtrière », la putain maculée de sang, dangereuse, insolente... La première a les yeux en pleurs ; la seconde « des yeux à tout assassiner » (p. 76) ; l'une est le Radeau de la Méduse, chaviré, souffrant,

G. Poitry, *Michel Leiris. Dualisme et totalité*, Toulouse, Presses universitaires du Mirail, 1995, p. 86-87.

où l'on s'entre-déchire, l'autre la Méduse au regard pétrifiant (p. 149 et 152). [...] Lucrèce, l'épouse, est « la servante ridiculement dévouée de la morale conjugale », chaste et pure ; Judith, la prostituée, est libre de tout lien depuis son veuvage ; au sortir de la tente d'Holopherne, elle a les vêtements en désordre, elle est sale, couverte de déjections et de sang (p. 144) : elle est la flétrissure opposée à la pureté.

Mais ces couples ne prennent un sens que si on les rapporte à l'attitude de leur partenaire. Face à Lucrèce, face aux femmes qui sont des Lucrèce, Leiris est un Sextus Quartin, attiré par leur chasteté, attiré par cet ordre qu'elles défendent, par leur rigueur morale : Lucrèce, au niveau du désir charnel (mais aussi de façon plus générale), est la figure du pôle droit. Face aux Judith (pôle gauche), Leiris se comporte en Holopherne qui sombre dans l'ignominie, qui adopte une « attitude écrasée » *(ibid.)*. Dans un cas, face au pôle droit, l'attitude est donc virile, c'est celle du violeur ; dans l'autre, elle pourrait être lue comme féminine : la décollation d'Holopherne est explicitement interprétée comme une éviration *acceptée*, désirée [...].

VIII. BIBLIOGRAPHIE

ŒUVRES DE MICHEL LEIRIS

L'âge d'homme :
Prépublication partielle : « Lucrèce et Judith », *Mesures*, 2ᵉ année, n° 3, 15 juillet 1936, p. 69-95.
Gallimard, NRF, 1939.
Gallimard, NRF, 1946 (édition précédée de « De la littérature considérée comme une tauromachie » et augmentée de la dédicace « À Georges Bataille qui est à l'origine de ce livre » et de onze notes).
Gallimard, NRF, 1964 (réédition de l'édition de 1946 augmentée d'une longue note sur Puccini).
Gallimard, Folio, 1973 (réédition de l'édition de 1964).

Pour éclairer la lecture de *L'âge d'homme*, on pourrait citer l'ensemble de l'œuvre de Leiris en se référant à l'ouvrage exhaustif de Louis Yvert, *Bibliographie des écrits de Michel Leiris, 1924-1996*, Jean-Michel Place, 1996. Nous nous limitons à l'indispensable en indiquant entre parenthèses la date de rédaction des textes publiés ultérieurement ou posthumes. Entre parenthèses également la date des éditions originales.

Le forçat vertigineux (1925), in *L'évasion souterraine*, éd. établie par C. Maubon, Fata Morgana, 1992.
Grande fuite de neige (1926), Fata Morgana, 1982.
Aurora (1927-1928), Gallimard, coll. « L'imaginaire », 1992 (1946).
Les articles de *Documents* (1929-1931, reprint J.-M. Place, 1992, avec une introduction de D. Hollier), repris dans *Brisées*, Gallimard, Folio Essais, 1992, *Zébrage*, Gallimard, Folio Essais, 1992, et *Un génie sans piédestal*, Fourbis, 1992.

L'Afrique fantôme (1934), Gallimard, coll. « Tel », 1988.

Miroir de la tauromachie, (1938), Fata Morgana, 1981.

L'homme sans honneur. Notes pour « Le sacré dans la vie quotidienne » (1937-1939), éd. établie, présentée et annotée par J. Jamin, J.-M. Place, 1994.

« La croyance aux génies *zâr* en Éthiopie du Nord » (1938), in *Miroir de l'Afrique*, éd. établie, présentée et annotée par J. Jamin avec J. Mercier, Gallimard, coll. « Quarto », 1995.

« Le sacré dans la vie quotidienne » (1938), in *Le Collège de sociologie 1937-1939*, textes présentés par D. Hollier, Paris, Gallimard (1979), Folio Essais, 1995.

Glossaire j'y serre mes gloses (1939) in *Mots sans mémoire*, Gallimard, 1969.

Haut mal (1943), in *Haut mal*, suivi de *Autres lancers*, Poésie Gallimard, 1969.

La règle du jeu : I. *Biffures* (1948) ; II. *Fourbis* (1955) ; III. *Fibrilles* (1966) ; IV. *Frêle bruit* (1976), Gallimard, coll. « L'imaginaire », 1991.

La possession et ses aspects théâtraux (1958), in *Miroir de l'Afrique*.

Titres et travaux (1967), in *C'est-à-dire*, J.-M. Place, 1992.

Operratiques (1959-1978), éd. établie, présentée et annotée par J. Jamin, P.O.L., 1992.

Journal 1922-1989, éd. établie, présentée et annotée par J. Jamin, Gallimard, 1992.

OUVRAGES SUR LEIRIS

Pour des raisons de commodité de consultation, nous nous sommes limités aux ouvrages publiés en français.

Maurice Nadeau, *Michel Leiris et la quadrature du cercle*, Julliard, coll. « Dossiers des *Lettres nouvelles* », 1963.

Robert Bréchon, *« L'Âge d'homme » de Michel Leiris*, Hachette, coll. « Poche critique », 1973.

Pierre Chapuis, *Michel Leiris*, Seghers, coll. « Poètes d'aujourd'hui », 1973.

Alain Boyer, *Michel Leiris*, Éditions universitaires, coll. « Psychothèque », 1974.

Philippe Lejeune, *Lire Leiris. Autobiographie et langage*, Klincksieck, 1975.

Michel Beaujour, *Miroirs d'encre. Rhétoriques de l'autoportrait*, Le Seuil, 1980.

André Clavel, *Michel Leiris*, Henri Veyrier, 1984.

R.-H. Simon, *Orphée médusé. Autobiographies de Michel Leiris*, L'Âge d'homme, coll. « Lettera », 1984

Charles Juliet, *Pour Michel Leiris*, Fourbis, 1988.

C. Maubon, *Michel Leiris au travail*, Pacini, 1987.

—, *Michel Leiris. En marge de l'autobiographie*, Corti, 1994.

Simon Harel, *L'écriture réparatrice. Le défaut autobiographique (Leiris, Crevel, Artaud)*, Montréal, XYZ, coll. « Théorie et littérature », 1994.

G. Poitry, *Michel Leiris. Dualisme et totalité*, Toulouse, Presses universitaires du Mirail, 1995.

Catherine Masson, *L'autobiographie et ses aspects théâtraux chez Michel Leiris*, L'Harmattan, 1995.

Patrick Sauret, *Inventions de lecture chez Michel Leiris*, L'Harmattan, 1995.

ARTICLES OU CHAPITRES D'OUVRAGE

Ne sont cités que les articles sur *L'âge d'homme*, et les essais susceptibles d'en enrichir la lecture.

Jean Bellemin-Noël, « Michel Leiris. Hommages Dommages », in *Biographies du désir*, PUF, 1988.

Maurice Blanchot, « Regards d'outre-tombe », in *La part du feu*, Gallimard, 1949.

—, « Combat avec l'ange », in *L'amitié*, Gallimard, 1971.

Michel Butor, « Une autobiographie dialectique », in *Répertoire I*, Éd. de Minuit, 1960 ; repris dans *Essais sur les modernes*, Gallimard, coll. « Tel », 1992.

Claude Louis-Combet, « Une métabiographie », *L'ire des vents*, nos 3-4, 1981.

Alain Finkielkraut, « L'autobiographie et ses jeux », *Communications* n° 19, 1972.

Denis Hollier, « La poésie jusqu'à Z », et « À l'en-tête d'Holopherne », in *Les dépossédés*, Éd. de Minuit, 1993.

J. Jamin, « Quand le sacré devient gauche », *L'ire des vents*, nos 3-4, 1981.

Philippe Lejeune, « Michel Leiris. Autobiographie et poésie », in *Le pacte autobiographique*, Le Seuil, 1975.

Jean-Baptiste Pontalis, « Michel Leiris, ou la psychanalyse sans fin », in *Après Freud* (1965), Gallimard, coll. « Tel », 1993.

—, « Derniers, premiers mots », in *Perdre de vue*, Gallimard, coll. « Connaissance de l'inconscient », 1988.

Claude Reichler, « Les intermittences du sacré », *Les Temps modernes*, n° 535, février 1991.

Susan Sontag, « *L'âge d'homme* », in *L'œuvre parle*, Le Seuil, 1968.

NUMÉROS SPÉCIAUX DE REVUES

Michel Leiris, Sud, 1979.

L'Ire des vents, nos 3-4, 1981.

Michel Leiris. *Texte inédit et études, Littérature*, n° 79, octobre 1990.

Michel Leiris, *Revue de l'Université de Bruxelles*, nos 1-2, 1990.

Pour Michel Leiris, Les Temps modernes, n° 535, février 1991.

Michel Leiris, Le Magazine Littéraire, n° 302, septembre 1992.

Michel Leiris, Critique, n° 547, décembre 1992.

Michel Leiris, Europe, en cours de publication.

CHOIX D'ENTRETIENS

M. Chapsal, « Entretien avec Michel Leiris » (1961), in *Envoyez la petite musique*, Grasset, 1984.

C'est-à-dire. Entretien avec Sally Price et Jean Jamin (1986), suivi de *Titres et Travaux*, J.-M. Place, 1992.

Michel Leiris, Jean Schuster, *Entre augures*, Dialogues rassemblés par Joëlle Losfeld, Terrain vague, 1990.

TABLE

ESSAI

13   UN SPECTACLE RÉVÉLATEUR

16   I. L'ÉVADÉ PERPÉTUEL

16   A. *DE L'ÉVASION*
Une forme de mal du siècle... — ... Ou une nouvelle condition existentielle ?

18   B. *LE FORÇAT VERTIGINEUX*
La révolte surréaliste — Le travail des mots — Du bon usage du surréalisme.

23   C. LE RADEAU DE LA MÉDUSE
24   1. « Psychanalyse — lapsus canalisés... »
« Morale de la santé » — « Une sorte d'auto- biographie touchant à l'érotisme ».

27   2. *Documents*
Une stupéfiante mise en scène de l'autre — « L'œil de l'ethnographe ».

30   D. *« ETHNOLOGIE — JE DIS : NON !... »*
La Mission Dakar-Djibouti — L'Afrique fantôme — « Europe — notre port... »

36   II. DE *LUCRÈCE, JUDITH ET HOLOPHERNE* À *L'ÂGE D'HOMME*

36   A. L'ÉCRITURE QUOTIDIENNE
L'échec du journal — « Relater » et « frelater ».

40   B. *LUCRÈCE, JUDITH ET HOLOPHERNE*
Une confession érotique — « Une trouvaille ... de pur hasard » — Une mise en scène de la

castration — *L'écriture médusée* — *L'échec de* Lucrèce, Judith et Holopherne.

47   C. PASSAGE À *L'ÂGE D'HOMME*
     Portraits et autoportrait — *Ici et mainte-*
     nant.

49   D. *L'ÂGE D'HOMME*
     « Il faut un mot à une énigme » — *Holo-*
     pherne relève la tête — *Sous le signe du*
     théâtre — *L'image du corps.*

53   III. AU CARREFOUR DES GENRES

53   A. LA LITTÉRATURE DE CONFESSION
53   1. Deux définitions
     Autobiographie... — *Ou autoportrait ?*
55   2. L'horizon d'attente
     Rousseau... — *... Et au-delà.*

58   B. UN « MAUVAIS SCÉNARIO »
     Clôture et suspension — *Une œuvre ouverte.*

63   IV. UN DRAME MYTHIQUE

63   A. L'ACTUALITÉ PERMANENTE DU MYTHE
     Un scénario en quête de metteur en scène — *Une*
     forme de théâtre joué et vécu — *Du bon usage du*
     mythe — *Une poétique de la constance.*

69   B. LE PROLOGUE
     Qui suis-je ? — Intus et in cute — *Méta-*
     physique de l'enfance.

73   C. L'ENFANCE D'HOLOPHERNE, OU UN
     INTERPRÈTE EN QUÊTE DE SENS
     « Tragiques », ou le monde comme un théâtre —
     « Antiquité », ou comment conjuguer éro-
     tisme et classicisme — *« Lucrèce », ou le*
     charme ambigu de la victime — *« Judith »,*

ou le triomphe de la castration — « *La tête d'Holopherne* », ou le monde comme une menace.

81   D. HOLOPHERNE FACE À SON DESTIN
« *Lucrèce et Judith* », ou comment résoudre la dualité — « *Les amours d'Holopherne* », ou comment entrer dans l'âge d'homme — « *Le Radeau de la Méduse* », ou la découverte du vide.

88   V. LA SCÈNE DE L'AVEU

88   A. CONFESSION ET LIBÉRATION
Un maniaque de la confession — *Confession et* catharsis — Catharsis *et liquidation* — *Aveu de la faute ou faute de l'aveu ?*

94   B. LA CONFESSION D'UN ENFANT DU SIÈCLE
Le cercle familial — *L'horizon.*

98   C. LES MATÉRIAUX DE LA CONFESSION
De l'origine surréaliste d'une esthétique réaliste — *La valeur de document.*

103   D. DÉRIVES ET CONTRAINTES
La confrontation analogique — *Une sorte de photomontage* — *La mise en ordre textuelle.*

113   VI. L'ESPACE TAUROMACHIQUE

113   A. LES CONSTRUCTEURS DE MIROIR
115   1. De l'opéra à la corrida, « opéra funèbre »
Les corridas de Vitoria et de Valence — *La tauromachie à l'œuvre.*

118   2. Une esthétique du gauchissement
La « fête sacrificielle » — Miroir de la tauromachie.

121   B. L'ÉCRIVAIN EN SITUATION
121   1. Le prière d'insérer de 1939
      « *Les jeunes gens de l'après-guerre* » —
      « *L'ombre d'une corne de taureau* ».
124   2. « De la littérature considérée comme une
      tauromachie »
      Les écrivains engagés de 1945 — « *Une littéra-*
      ture qui m'engage » — *Au-delà de* L'âge
      d'homme — *Tauromachie et classicisme* — *Le*
      sacrifice de Bataille — *Engagement ou/et poésie.*

134   CONCLUSION

137   **DOSSIER**

139   I. REPÈRES BIOGRAPHIQUES

144   II. PORTRAITS ET AUTOPORTRAITS

144   A. AUTOPORTRAITS

147   B. PORTRAITS
      1. *L'homme de chair et l'homme reflet* (M. Jacob)
      2. *Ximénès Malinjoude* (M. Jouhandeau)
      3. Georges Bataille

152   III. DÉFINITION DU PROJET AUTO-
      BIOGRAPHIQUE

152   A. JE SOUSSIGNÉ
      1. *Le forçat vertigineux*
      2. *Aurora*

156   B. LE COEFFICIENT PERSONNEL
      1. Quand dire, c'est faire
      2. « Mon cœur mis à nu »

160   IV. LA COLLECTE DES MATÉRIAUX

160   A. LISTES ET ÉNUMÉRATIONS

162   B. UTILISATION DES DOCUMENTS

167   V. DE *LUCRÈCE, JUDITH ET HOLOPHERNE* À *L'ÂGE D'HOMME*

168   A. *LUCRÈCE, JUDITH ET HOLOPHERNE*
        1. Les fiches
        2. Le tapuscrit

175   B. *L'ÂGE D'HOMME*

177   VI. *L'ESCRIVAILLERIE* COUPABLE

180   VII. LECTEURS DE *L'ÂGE D'HOMME*

180   A. L'ÉDITION DE 1939
        P. Leyris — A. Masson — J. P. Sartre

181   B. LA RÉÉDITION DE 1946
        M. Blanchot — M. Butor — J.-B. Pontalis — M. Nadeau

187   C. LA RECONNAISSANCE DES ANNÉES SOIXANTE-DIX
        R. Bréchon — P. Lejeune — R.-H. Simon — G. Poitry

195   VIII. BIBLIOGRAPHIE

Composition Traitext.
Impression Bussière Camedan Imprimeries
à Saint-Amand (Cher), le 3 avril 1997.
Dépôt légal : avril 1997.
Numéro d'imprimeur : 1/984.

ISBN 2-07-039370-4./Imprimé en France.